나만 모르는 이별

나만 모르는 이별

이호남 소설집

지성의샘

■ 작가의 말 ■

사람의 마음은 늘 늦게서야 깨닫습니다.

이별이 지나고서야 사랑을, 침묵 속에서야 외로움을, 무너진 꿈 위에서야 희망을 봅니다. 우리는 매일 무심히 지나가는 순간 속에서 조용히 스며드는 마음의 그림자를 놓치고 살아갑니다.

이 책에 담긴 이야기들은 바로 그런 그림자들입니다. 누군가를 사랑하며 남겨진 빈자리, 조용히 흘러가는 시간 속에 남은 아픔, 마음 한켠에서 몰래 피어나는 작은 희망. 그 안에서 힘들 때는 고된 삶을 위로 받고, 공감 속에서 깊은 여운과 희열을 느꼈던 순간들을 가슴에 담고 살아왔습니다.

그 경험들은 한 문장 한 문장에 스며들어 저의 첫 작품 속으로 흘러들었고, 작품을 하나씩 완성 할 때 헤어나오지 못했던 시간들 또한 모든 순간을 기록하고자 애쓴 이야기로 남았습니다. 그리움과 후회, 설렘과 안도, 서투른 행복과 슬픔이 뒤섞인 풍경 속에서 당신만의 감정을 발견하게 될지도 모릅니다.

밤이 깊어 어둠이 모든 것을 삼킬 때, 달빛은 더욱 선명하게 빛납니다. 그 빛은 차가워 보이지만, 실은 마음을 살며시 감싸 안은 따스함입니다. 당신의 마음에도 그 달빛이 조용히 머물기를 바랍니다.

이 책 속 이야기들이 누군가에게는 잊고 있던 감정을 깨우고, 누군가에게는 지나온 시간을 돌아보게 하며, 조금은 서툴지만 진실한 위로가 되기를 바랍니다.

소설을 쓰는 동안 꿰지 못하는 바늘귀를 찾는 저에게 밝은 빛으로 작품의 길로 지도해 주신 스승님께 진심으로 감사드립니다.

2025년 가을

■ 소설집에 부쳐 ■

삶에 대한 진지한 물음

김 건 중(소설가, 한국작가협회 회장)

소설을 쓴다는 것은 참 어려운 일이다.

그것은 창작에 대한 어려움보다도 남의 인생을 대신 살아주어야 하기 때문이다. 자신의 인생도 앞가림하기가 힘든데 하물며 소설 속 인물의 인생까지도 도맡아 살아야 하니 어찌 보면 기가 막힐 일이 아닌가 싶다.

이러함에도 이호남 소설가는 시인으로 출발하여 시집도 출간한 사람인데 사실 필자로 인해 몇 년 전 소설가로 재등단하여 필자와의 인연을 더욱 두텁게 했다.

이호남 소설가는 살아온 삶이 순탄하지 않고 우여곡절을 겪은, 그야말로 소설적 인생을 살아온 사람이다. 바꿔 말해 그만큼 체험의 세계가 많다는 것이다. 이것은 소설가로 작품을 쓰는데 좋은 자양분이 될 수 있는 조건이다.

이번에 발간하는 첫 소설집 「나만 모르는 이별」은 소설적 인생을 살아온 바탕에서 얻어진 귀한 산물로 10편 단편소설을 통해 보여주듯이 제각기 다른 소재와 그에 따른 다양한 이야기는 독자에게 호기심을 야기시키기에 충분하다. 그리고 소설에서 중요한 요소인 갈등 구조를 놓치지 않고 잘 도입하여 소설의 맛을 살린 점 또한 이호남 소설의 또 다른 매력이라고 볼 수 있다. 아울러 소설의 큰 핵심인 구성 또한 탄탄한 지주대처럼 잘 받치고 있고 분명 허구임에도 실제 있었던 이야기처럼 와닿는 느낌은 소설의 리얼리티가 살아있기 때문이다.

어찌 보면 그 농도는 팩트가 있는 다큐처럼 현장감을 준다는 점이 이호남 소설가의 특성으로 자리매김할 수도 있을 것 같다.

단편소설 한 편 한 편 읽다보면 참으로 많은 세계를 접했고, 그로 인해 얻어진 삶에 대한 진지한 물음과 함께 작가적 인식의 세계가 나름대로 올바른 가치관을 형성하고 있다는 것을 발견할 수가 있다.

이 점은 작가로서 작품을 통해 당연히 가질 수 있겠으나 이호남 소설가 또한 지니고 있는 자신의 인생관으로 생각되기도 한다.

소설의 기본 구조가 '왕이 죽으니 왕비도 죽었다'라는 설정 아래 다양한 이야기를 풀어낼 수 있듯이 이호남 소설가의 소설 또한 어떤 사건의 설정하에서 우연이 아닌 필연성을 부여하며 소설을 끌어가고 있다는 점은 결코 쉬운 일이 아님에도 불구하고 기계적으로 잘 맞추고 있다.

이런 면을 볼 때 첫 소설집이지만 소설이 줄 수 있는 그 맛을 어설프지 않게 보여주고 있고, 앞으로도 좋은 소설을 쓸 수 있다는 가능성을 갖게 한다.

그러나 이호남 소설가에게 일러주고 싶은 말은 소설은 시나 수필처럼 창작의 분량이 적지 않다 보니, 긴 호흡으로 써야 하므로 많은 시간이 소요되는 긴 작업임을 염두에 두어야 하며, 그로 인해 창작의 자세 또한 시를 쓸 때처럼 생각해서는 안 된다는 점을 일러두고 싶다. 바꿔 말해 더 큰 창작의 고통을 감수하고 뛰어들어야 한다는 점이다.

그렇게 해야 조개가 진주를 품고 그 아픔으로 영롱한 진주를 만들 듯이 이호남 소설가도 진주를 품은 조개의 고통을 통해 앞으로 더욱 좋은 소설을 얻을 수 있다는 것을 염두에 두었으면 한다.

결국, 그것은 고통과 함께하는 아름다운 삶을 촉구하는 작가만이 맛볼 수 있는 특권이기 때문이다.

끝으로 끝내 정진하여 큰 소설 나무가 되길 바라며 첫 소설집 발간을 진심으로 축하드린다.

차 례

너는 알고 나만 모르는 이별

아내는 늘 그랬다.

말없이, 묵묵히, 그가 던진 말과 손끝을 맺으며 살았다. 그 속엔 분노도 있었고, 체념도 있었고, 엄마로서의 의무가 있었다. 하지만 그는 그런 것쯤은 개의치 않았다. 아들은 컸고, 그는 이제 자유로워질 줄 알았다. 그런데 죽은 건 그녀와 그녀의 딸들이었고 살아남은 건 자신과 아들이었다. 아니, 이젠 혼자다.

그는 서랍을 열었다. 오래된 보증서를 꺼내며 웃었다. 그 웃음은 비명이 되기 직전의 침묵이었다.

살포시 눈발이 날리기 시작했다. 동이 트는 시간임에도 아침은 몹시 을씨년스럽고 어두웠다. 운구차가 줄지어 장례식장 마당 안으로 들어섰다. 눈발은 조금 전보다 굵은 눈이 되어 내리기 시작했다. 새벽이 밝아오던 하늘은 갑자기 어두워지기 시작했고, 주은아의 이별을 막기라도 하듯 잿빛으로 뒤덮은 하늘에는 회오리바람을 일으키는 진눈깨비가 하늘로 치솟으며 눈과 비를 섞어 흩뿌리기 시작했다.

운구차 앞으로 모여든 사람들의 웅성거림이 사람들의 발자국 소리에 섞여 들려왔다. 그때 운구차 앞으로 주은아의 영정 사진을 든 그녀의 아들 모습이 보이고, 그 뒤로 관보를 덮은 은아의 시신과 또 다른 2구의 관이 운구차 앞으로 서서히 다가오고 있었다.

주은아의 관이 보이자 그녀의 친정엄마는 관보를 붙잡고 고래고래 소리를 내어 울기 시작했다.

"은아야! 은아-야… 억울해서 어떻게 가니, 은아-야!"

그녀의 친정엄마 울음소리는 통곡 그 자체였다. 자식을 먼저 앞세우는 부모의 애절한 절규는 새벽하늘로 깊게 울려 퍼져나갔다.

운구차 앞에 다다른 3구의 관을 든 사람들은 잠시 발길을 멈추는가 싶더니 좀처럼 움직이지 않았다. 그 순간 운전기사의 목소리가 들려왔다. "화장터까지 가려면 빨리 움직입시다."

시간이 늦는다는 기사의 다급한 목소리였다.

운구차 아래쪽 뒷문이 열리고 흰 관보를 씌운 은아의 운구가 차량의 긴 터널로 먼저 밀려들어 갔다. 그리고 또 다른 관이 차례로 운구 차량에 실렸다. 그것은 두 딸의 관이었다.

은아의 친정엄마 울음소리는 울다 지쳐 쉬어버린 목소리가 시멘트 바닥 긁는 소리처럼 들려왔다. 마지막 떠나는 그녀를 배웅하러 나왔던 친구들도 그 모습에 소리 내어 함께 따라 울고 있었다.

그녀가 실린 운구차가 서서히 화장터를 향해 방향을 틀기 시작했다.

때 이른 봄은 차가운 바람이 옷 속 깊숙이 파고들었다. 무의도로 향하는 승용차 3대는 실미해수욕장 주차장에 흙바람을 일으키며 도착했다. 방금 당도한 승용차 밖으로 중년의 여인들은 한 무더기씩 승용차 안에서 쏟아져 내렸다. 바닷바람은 생각보다 차가웠다. 학창시절 같은 반에서 만난 그녀들의 모임은 다원회라고 불렀다. 모두 다 사랑하는 사람이라는 의미로 지은 친구들 모임 이름이었다.

그녀들은 일 년에 한 번 집 밖으로 탈출하자는 의미에서 이번 모임은 조금 먼 곳으로 야유회를 왔다. 점심식사 때 한 잔씩 마신 건배주 탓인지 얼굴이 모두 붉게 달아올라 있었다.

중년여자들은 거칠 것이 없이 씩씩해 보였다. 승용차 밖으로 나와 소리를 지르거나 기지개를 켜며 해방감을 만끽하고 있었다. 누군가 내려놓은 축구공을 걷어차며 친구들은 두 팀으로 나누어 축구공을 쫓아다니며 우르르 몰려다녔다. 오십의 나이는 그들에게 그리 많은 나이로 느껴지지 않은 것 같았다. 호탕하게 웃는 소리는 소나무 숲을 흔드는 바람 소리와도 같았다. 그녀들은 서해 바닷물이 해변으로 밀려올 때까지 숨을 헐떡거리며 뛰어다녔다. 은아는 친구들이 즐거워하는 모습을 바라보다 벽돌색 체육복을 입고 사뿐히 교정을 뛰던 체육시간을 생각했다. 고3 때 담임은 가랑머리를 하는 이때가 가장 좋을 거라던 그 말이 머릿속으로 스쳐갔다. 미자 곁에 나란히 앉아 있던 은아는 지금이 그때와 같다는 생각이 들었다.

실미도로 향하는 길은 무의도를 지나서도 한참이나 멀었다. 친구들과 오랜만에 멀리 왔다고 생각하니 지금 주어진 시간들이 너무나 소중했다. 조금씩 모아 둔 모임회비를 의미 있게 써 보자는 취지로 정한 이번 야유회였다. 소란스럽게 떠들며 뛰어다니는 친구들을 바라보던 미자가 실미도 해변을 향해 걸어갔다. 은아도 그 뒤를 따랐다. 그리고 은하는 바닷물에 손을 씻었다. 생각보다 바닷물은 차갑지 않은 것 같았다. 끈적한 소금기가 느껴졌는지 은아는 손을 털어냈다. 앞서가던 미자가 밀물에 신발을 벗어들자 은아도 신발을 벗어들고 미자 곁으로 다가갔다.

미자는 은아를 바라보았다.

"은아야! 요즘은 살기가 어때."

"요즘 같으면 살만하지. 내가 고생고생하며 살았잖아."

은아의 눈가에는 지난 세월이 주마등처럼 스치듯 좁아진 눈꼬리가 보였다.

박재근, 그는 은아의 두 번째 남편이다. 그녀가 남편을 처음 만났을 때 그는 공무원이었다. 은아는 안정적인 직업이 좋았고, 안정감이 우선이었던 결혼을 택한 건 전혼 자녀들이 있었기 때문이었다. 은아의 남편은 가부장적이고 자기 연민이 강한 사람이었다.

이웃이나 동료들 앞에서는 점잖은 척 말 잘하는 아저씨처럼 보였지만 그런 겉모습이 좋아서 은아는 재혼 상대로 박재근과 동거를 하게 되었다. 그러나 남편 재근은 남모르는 도박 고질병이 있을 거라고는 아무도 모르고 있었다. 은아와 동거를 하면서부터는 은아의 외출도 막고, 말끝마다 '누가 벌어온 돈인데-' 식의 말투로 그녀에게 심리적 억압을 하곤 했다. 은근한 폭력으로 물건을 던지거나 손찌검은 한두 번이라 하지만, 그보다 더 무서운 건 반복되는 무시와 냉소가 그녀를 못 견디게 했다.

멍하니 딴생각을 하고 있는 은아를 바라보던 미자가 입을 열었다.

"네 남편은 요즘 너한테 잘하니? 예전처럼 손찌검은 안 하지?"

미자가 은아를 바라보며 물었다.

"요즘이 어떤 세상인데 옛날 버릇을 계속하겠니."

미자의 물음에 은아는 예전 같지 않게 당당해 보였다.

미자와 은아는 학창시절 같은 동네 살았고, 둘은 언제나 붙어 다녔다. 그래서인지 미자는 누구보다 은아와 친하게 지냈다. 그녀들은 중고등학교 6년을 함께 다녔다.

은아의 집은 언니와 동생 부모님까지 식구가 많아 가정형편이 몹시 어려웠다. 은아는 간신히 고등학교를 졸업하자마자 급하게 서둘러 결혼을 했다. 은아를 빨리 넉넉한 집으로 시집을 보내면 근심이 조금은 덜어질까 하는 은아 부모의 마음인 것 같았다. 은아는 심성이 좋은 아이였다. 그러나 서두른 그의 첫 결혼은 순탄하지 못했는지, 좋은 소식보다는 나쁜 소문이 친구들에게 먼저 들려왔다.

미자도 결혼하면서 자연히 은아와 소식이 끊겨 버렸다. 미자가 은아를 다시 만나게 된 것은 미자가 다니던 교회에서 우연히 은아를 만나게 되었고, 둘은 반가워서 점심을 함께 먹으며 전화번호를 주고받고 헤어졌다. 은아의 생활이 친구들을 통해 어렵다고 들었던 것처럼, 그동안 힘들었던 이야기들을 구구절절 미자에게 들려주었다. 그런 직후, 일 년도 가기 전 은아와 우연한 만났던 것처럼 둘은 또다시 연락이 두절되었다.

미자와 은아가 다시 만난 세월은 사십을 훌쩍 넘은 나이였다. 두 사람이 여고 졸업을 하고 만난 건 20년을 넘긴 뒤였다.

은아의 혼인은 중매쟁이 말만 믿고 결혼을 일찍 시킨 은아의 친정 부모의 어리숙함도 있었다. 외모가 남달리 이뻤던 은아를 돈과 바꾸다시피 시집을 보냈다. 남편의 직업은 회사원이었다. 그 시댁은 먹고 살만한 부자라고 했다. 그러나 은아 남편을 적극적으로 지원해 주지 않았다. 그녀의 결혼 생활은 아이를 낳기 전에는 남편 월급으로 적당히 살만했다. 시댁만 믿고 사업을 하고 싶다던 남편은 다니던 직장마저 그만두고 직업도 없이 빈둥대기 시작했다. 그 사이 아이가 둘이 되고, 이일 저일 손을 대던 남편은 실패에 실패를 거듭하게 되고 종단에는 은아에게 주사에 손찌검까지 하기 시작했다. 은아는 참다못해 두 아이를 데리고 첫 번째 이혼을 선택하게 되었다.

두 아이를 데리고 집을 나왔지만, 가진 게 없는 생활은 먹고 사는 일에 시달리며 살다보니, 은아가 한가하게 고민할 시간도 없이 정신없이 지나가 버리고, 은아도 중년의 나이가 되어 있었다. 이제는 아이들이 다 커서 홀가분하다며 아르바이트를 하든 가사 도우미를 하던, 벌어서 은아 혼자 다 써도 된다며 여유롭게 웃고 있었다. 오십 줄에 들어서면서 이제는 살 만하다는 은아 말에 미자는 고개를 끄덕였다. 그리고 투박하게 굳은 은아의 손을 꼭 잡았다. 은아를 바라보고 있던 미자는 밝아 보이는 친구의 주름진 얼굴이 예전과는 확연히 달라 보였다.

미자는 한가한 오후 시간을 즐기고 있었다. 휴대폰 문자음이 짧게 울렸다. 미자는 휴대폰 알림을 검색했다. 그리고 뭔가를 잘못 본 사람처럼 미간을 찌푸리며 자세히 들여다보았다. 그것은 은아의 사망 문구였다. 고민할 틈도 없이 총무를 맡은 현주의 전화가 바로 걸려왔다. 그는 은아가 사망했다고 전했다. 사망 사유는 정확하지 않다며, 은아와 가장 친했던 미자에게 먼저 알려준다는 거였다. 미자는 순간, 가슴이 철렁 내려앉았다. 친구들과 여행을 마치고 돌아온 지 딱 일주일 만이었다.

다원회 총무인 현주가 올린 부고 알림 문자가 올라왔다. '주 은아가 소천했습니다.'라는 문구였다. 미자는 그 말을 믿고 싶지 않았다. 말도 안 되는 소리라고 생각했지만 은아의 죽음은 사실이었다. 간단한 문자가 뜬 그 날 이후 정확한 소식은 더 이상 전해지지 않았다. 친구들 사이에서는 은아가 자살했다는 얘기도 들려왔다. 미자의 마음은 조바심이 일기 시작했다. 친구들과 만난 그날이 은아와의 마지막 여행이 된 것이 헛헛해지며 가슴이 아파 왔다.

은아와 만난 그날, 그녀는 미자에게 지금이 가장 행복하다고 했었다. 그리고 이제는 살만하다고 하는 은아의 모습은 예전에 은아가 아니었다. 무엇이 그녀를 바꿔 놓은 것인지, 그날 본 은아의 얼굴은 세월의 흔적이 있었어도 마음은 단단해 보였다.

은아 본인이 사망하고 보니 은아에 대해 자세한 내용을 물어볼 만한 곳을 아는 친구가 없었다. 간신히 수소문한 끝에 알게 된 은아 친정집에서 전해온 소식은 아들 군부대 면회를 다녀오다 교통사고로 은아와 딸 둘이 모두 사망했다는 소식뿐이었다. 지금 은아의 시신은 강원도에 있는 모 대학병원 영안실에 안치되어 있다고 했다. 타지에서 사고가 발생하고 보니 은아 거주지인 안양에 있는 병원으로 옮기는 절차는 시간이 걸렸다. 사고 원인에 대해 검안 조사결과가 나와야 절차대로 은아의 시신도 원하는 장례식장으로 옮겨 올 수 있다고 했다. 은아가 사망한 지 닷새가 지나고 나서야 은아의 장례식장이 정해졌다.

높바람이 매섭게 불었다. 미자의 친구들은 은아의 시신이 안치되었다는 안양 H병원 장례식장으로 모이고 있었다. 늦은 저녁 시간이지만, 급하게 은아의 장례식장과 발인 날짜 문구가 다시 올라왔기 때문이었다. 미자는 잘못된 정보라고 생각했다. 그러나 그건 거짓이 아니었다. 발인 날짜가 정해진 문구에 그녀의 눈에는 자신도 모르게 눈물이 흐르고 있었다. 며칠 전 은아와 단둘이 걷던 바닷가가 마지막 길이였다고 생각하니 인생이 너무 허무하다는 마음이 들었다. 그날 은아는 미칠 듯 고생한 덕에 이제는 고생도 끝나간다고 했고, 자랑삼아 새로 장만한 집에서 삼겹살 파티를 하자던 친구였다. 그 말을 했던 날이 며칠이나 되었다고 사망 소식이라니, 믿기지 않았다. 그녀는 은아의 죽음을 눈으로 확인하고 싶었다. 미자는 급하게 검은색 정장 옷을 찾아 입었다. 그리고 장례식장으로 빠르게 차를 몰았다. 미자의 승용차는 속력을 내며 안양에 있는 장례식장을 향해 달리고 있었다.

그녀가 달려가는 시야 속으로 흐릿한 호프집 간판이 스쳐갔다. 미자의 머릿속은 은아를 만났던 과거가 스치며 그날이 떠올랐다.

낡은 호프집 간판은 흐릿하고 선명하지 않았다. 호프집으로 오르는 이층계단은 가파르게 향해 있었다. 여러 사람의 발소리는 은아의 호프집 가게 문을 열고 들어섰다. 어둑한 조명 때문인지 실내는 그다지 깔끔해 보이지 않았다.

미자가 문을 열고 들어서자 손님을 기다린 탓인지 문소리가 나는 쪽을 바라보던 은아가 자리에서 벌떡 일어서는 게 보였다.

"친구야, 안녕."

"호프집을 한다기에 한번 들려봤는데 이곳이 맞나요?"

미자의 음성에 은아는 소리 나는 쪽을 바라보았다.

"어, 어쩐 일이야…?"

"오랜만이다, 은아야!"

미자는 진심으로 반가웠지만, 은아는 왠지 어색한 눈치였다.

"회사에서 회식할 일이 있어서 연락도 없이 왔는데, 동창들이 네가 호프집 창업했다고 한번 가보라고 하길래 들렸어. 너도 한번 볼 겸."

미자는 서너 명의 동료들과 은아가 차렸다는 호프집 매상도 올려줄 겸, 오늘 마음먹고 찾아왔다. 미자는 S보험회사 팀장으로 근무하고 있었다.

은아가 하는 호프집은 아늑해 보였지만 우중충한 실내가 썩 맘에 들지 않는 눈치였다. 그렇다고 다시 나갈 수도 없었다. 미자의 눈에는 실내조명등 때문인지 탁자 주변은 어둑했고, 그 공간은 술꾼들이 술집 여주인에게 수작이나 부리러 오는 삼류 술집처럼 보였다.

그녀와 함께 온 동료들이 자리를 잡고 앉았다. 은아는 자리에서 일어나 주방 쪽으로 걸어갔다. 미자의 동료들은 메뉴판을 들여다보고 있었다. 그녀도 자리에서 일어섰다. 은아를 따라 주방 쪽으로 걸어갔다. 그녀가 일어선 탁자 옆에는 조그마한 꼬마 아이가 앉아 있었다. 이제 겨우 네다섯 살이나 되어 보였다. 은아의 딸들은 그 아이보다 곱이나 나이가 있는 중학생 이상으로 알고 있었는데 은아가 이리 늦게 아이를 낳았을 거라는 생각이 들지 않았다. 그녀는 은아 옆으로 다가섰다. 그리고 미자는 그녀를 향해 재주꾼이라며 살짝 웃어 보였다. 쑥맥이 이런 술장사도 다할 줄 안다는 의미가 섞인 말투였다. 미자의 마음을 읽은 듯한 은아는 호프집 임대료가 비싸지 않아 싸게 인수해서 차렸다고 하며 얼버무렸다. 오랜만에 만난 친구에게 술집을 차린 그녀 자신이 부끄러운 듯 변명처럼 중얼거렸다.

미자는 은아를 바라보며 다시 말을 걸었다.

"너 오픈했다고 해서 동료들 데리고 왔는데, 장사는 잘되는 거니?"

"그리고, 이 꼬마는 누구야?"

미자는 은아가 운영하는 가게 매상보다는 등 뒤에 숨어있는 아이가 더 궁금한 눈치였다.

은아는 머쓱한 미소를 지어 보였다.

"응, 내 아들…."

"뭐어! 네 아들. 그 사이 아들을 낳았다고?"

미자는 눈을 동그랗게 치켜뜨고 생경하게 은아를 바라보았다.

"근데, 아이가 여길 왜 와 있어? 술집에 아이를 왜 데려와?"

은아의 속사정도 모르는 미자는 작은 소리로 재차 채근하듯 물었다.

장사하는 사람이 아이를 데리고 술장사를 한다는 것 또한 미자로서는 이해가 되질 않았다. 은아는 콧바람 소리가 나도록 피식 웃더니 이내 주방으로 들어가 버렸다. 미자는 은아의 행동이 장난인가 싶어 고개를 갸우뚱하고 동료들이 앉아 있는 자리로 돌아가 버렸다.

그날 미자가 보았던 아이 이야기는 은아에게 더는 묻지 않았다. 은아에게도 분명 그럴 만한 사정이 있을 거란 생각이 들었기 때문이었다. 그날 호프집에서 미자의 동료들은 매상을 잔뜩 올려주고 돌아갔다.

그리고 며칠 후 은아에게 전화가 걸려왔다. 어린 아들은 두 번째 남편에게 낳은 아이라고 했다. 너무 어려서 집에 두고 다닐 수 없는 처지라 부득이하게 가게에 데리고 나온다는 거였다.

두 번째 남자는 한 번의 이혼이 있었고, 아이는 없는 터라 자기 자식을 원했다. 은아는 두 아이가 있었지만, 그 남자의 아이를 낳아야 오랫동안 함께 살 수 있을 것 같았다. 고민 끝에 은아는 아들 하나를 낳았다. 처음 만나 잘해줄 때와는 달리 아이를 낳고나자 서서히 남편은 본색을 드러내기 시작했고. 그러다 공금에 손을 댄 탓에 공무원직도 해고를 당하고 돈, 돈 하며 노름판을 전전긍긍하고 다녔다.

은아가 술집을 했던 것도 그 남자의 빚이 많아지자 조금이라도 갚아 보자는 의도에서 시작했지만, 늘 가게에 죽치고 앉아 있는 남편 때문에 그녀와 말다툼 이 잦아질 때마다 그는 은아를 죽여버리겠다는 말을 일삼고 있었다. 자연이 둘 사이는 최악으로 가고 있다고 했다. 은아와 긴 야기를 주고받고 난 미자는 은아를 이해하게 되었고, 미래를 위해 은아에게 은밀한 보험을 권유해 주기도 했다. 친구들 간에 은아의 이야기가 한 번씩 들릴 때면 미자는 은아의 호프집에서 보았던 추레한 옷차림의 꼬마 아이가 자꾸만 눈에 발펴 왔다.

미자는 은아의 팔자도 무척 사납다는 생각이 들었다. 여자의 팔자는 뒤웅박 팔자라는데 이왕 만날 거라면 괜찮은 놈 좀 만나지. 못된 시어머니를 피하면 더 못된 시어머니를 만난다는 그 말이 그녀 앞에 닥친 인생 같다는 생각이 들었다. 은아의 집안은 어려웠어도 은아가 곱게 생겨서인지 현모양처감이라 시집가서 잘 살 거라고 했었다.

술집이란 곳은 어린애가 없어도 힘든 곳이다. 아이를 데리고 술장사를 한다면, 그 술장사가 잘 될지, 그것 또한 만무했다. 호프집을 차린 은아를 두고 한동안 친구들 간에 이런저런 은아에 대해 수군거리는 소리가 들려왔다. 은아의 기둥서방이 호프집에 나와서 늘 그녀를 지키고 있다는 소문이 돌고 있었다. 그러나 그건 소문이 아니었다. 미자가 서너 번 찾아갔던 날도 분명, 테이블 한 귀퉁이에 혼자 앉아 있던 사내가 바로 기둥서방 같은 은아의 남편이었다.

은아가 재혼 후 뒤늦게 낳은 아들도 잘 먹이고 잘 키우지 못한 아픈 손가락이었다. 두 딸 역시도 은아가 이혼하면서 데리고 나와, 하나는 업고 하나는 걸리며 고생으로 키운 딸들이었다. 두 딸과 아들은 어려서부터 은아가 고생하는 것을 보아서인지 일찍 철이 들었다. 일하는 것이 바쁘다 보니 어린 아들은 늘 집에 혼자 있는 날이 많았다. 유년 시절을 혼자 있어서인지, 그녀가 가는 곳이면 아들은 성장하면서도 은아를 어디든 따라 다녔다. 아들의 행동은 엄마를 향한 의존증처럼 보였다. 은아 남편 역시도 자기 성질을 못 이길 때면 아이들 앞에서도 거침없이 엄마를 무시하는 말투와 행동을 일삼았고, 딸의 생일상을 차려놓은 케익을 거침없이 내던지며 은아를 힘들게 했지만, 은아는 미치지 않기 위해 죽을힘을 다해 참고 살았다. 이래도 참고, 저래도 참았던 시간은 흘러 딸들과 아들은 성인이 되어갔다. 은아도 이제는 두번째 이별을 해야겠다고 생각하고 하나씩 새로운 인생을 준비하고 있었다.

은아의 아들은 스물을 갓 넘자, 다니던 대학에 휴학계를 내고 군에 지원해서 집을 떠났다. 자대배치는 강원도 깊은 산골에 있는 군부대였다. 아들이 군인이 되고 첫 면회를 와도 된다는 통보를 받았다. 두 딸들은 약속이 있어 가지 않겠다고 했지만, 그날따라 은아의 남편은 한 번만 꼭 같이 가야 한다며 심하게 화를 내며 아들의 면회를 강요했다.

그래서 은아의 가족은 아침부터 분주하게 움직였다. 아들 면회를 오라는 서신을 받고, 은아는 그날따라 정성스럽게 화장을 했다. 간밤에 준비해 두었던 음식들을 쇼핑백 속에 가지런히 넣었다.

은아와 딸들이 탄 차에 남편은 시동을 걸었다. 온 가족이 달려간 곳은 강원도 아주 깊숙한 골짜기에 아들의 군부대가 있었다. 부대에서 외박을 신청해 시내로 아들을 데리고 나왔다. 은아가 만든 음식을 먹으며 가족은 오랜만에 하룻밤을 보내고, 다음날 군부대 앞에 아들을 내려주었다. 부대 안으로 들어가는 아들을 향해 은아는 한참이나 그 자리를 떠나지 못하고 멍하니 아들의 뒷모습을 바라보았다.

"가자고, 겨울이라 금방 날이 어두워질 텐데."

은아의 남편은 아들의 뒷모습을 바라보고 있는 그녀를 향해 차에 타라는 재촉을 거듭했다. 갈 길이 멀긴 멀었다. 은아가 사는 안양까지 가려면 3시간은 족히 걸렸다. 무슨 일인지 남편은 딸들까지 남동생 면회는 꼭 가야 한다며 억지로 강원도까지 데리고 왔다. 아들과 큰딸은 열 살이나 나이 차이가 났지만, 배다른 동생이라고 생각하지 않고 잘 지내온 아이들이었다. 그래서인지 못 간다던 말과는 달리 동생 면회에 흔쾌히 동생을 만나러 왔다.

은아는 승용차 문을 닫았다. 초겨울 날씨라 금방 어둑해지는 산골은 어둠이 빨리 내려앉기 시작했다. 기다렸다는 듯이 승용차는 급하게 출발을 했다. 아들 면회를 올 때와는 달리 돌아가는 길은 더 멀게 느껴졌다. 혼자 두고 가는 아들과의 이별의 감정을 추스르지 못하고 은아는 훌쩍거리는 소리를 냈다. 군부대가 눈앞에서 사라지고 승용차가 산모퉁이를 돌았다. 옆 좌석에 앉은 은아를 향해 남편은 말을 던졌다.

"당신 동훈이 용돈은 주고 온 거지?"

은아 남편은 그녀를 힐끗 바라보며 물었다

"어머! 내 정신 좀 봐…."

은아는 깜빡 잊고 아들에게 주지 못한 용돈 때문에 어쩔 줄 몰라 하는 목소리가 역력했다.

"에이 씨팔…."

은아 남편은 인상을 쓰며 딸들 앞에서 거침없이 특유의 쌍소리가 섞인 말투로 욕을 내뱉었다. 승용차 안의 분위기가 금방 살얼음판처럼 싸늘해졌다. 딸들은 못 들은 척 창밖을 바라보다 이내 눈을 감아버렸다.

강원도의 산길은 유난히 굽은 도로가 많았다. 좌우로 굽은 도로로 들어설 때면 승용차를 급하게 모는 남편 때문에 몸이 기우뚱거렸다. 얼마를 달렸을까 뒷좌석으로 고개를 돌렸다. 딸들이 눈을 감고 있었다. 은아도 간밤의 피로가 밀려왔다. 그녀도 잠시 눈을 감았다. 아이들과 지낸 숙소가 좁아서 잠자리가 편치 않았다. 남편의 승용차가 잘 달리는가 싶다가도 산모퉁이를 돌아설 때면 유난히 급하게 틀어대는 충격으로 은아는 감았던 눈을 뜨곤 했다. 잠시 그루잠을 잤을까, 은아의 기분이 오싹한 느낌에 깜짝 놀라 눈을 떴다.

남편이 몰던 승용차가 옹벽 가까이 은아 눈앞으로 빠르게 달려가고 있었다.

"아…."

은아의 짧은 외마디가 들렸다.

그 순간, 승용차의 충격으로 앞 유리가 산산이 부서졌다. 차 안 가득 깨진 유리 파편 조각 속에서 피비린내가 나기 시작했다. 승용차 안에 있던 은아의 가족은 그 자리에서 즉사했는지 차 안에는 아무런 사람의 미동도 없었다.

그날 사고로 승용차는 폐차할 만큼 부서졌다. 그러나 승용차 운전을 했던 남편은 그다지 많이 다치지 않았고 골절 상해만 입고 살아남아 병원에 입원 중이었다. 아내와 딸들이 죽고 난 뒤, 아무런 감정도 없는지 울지도 않고 빈소조차 가지 않았다. 그는 단지 그 일은 사고였다는 말만 반복하고 있었다.

은아 남편은 아들 앞에서는 저런 엄마는 믿지 말라는 말을 했던 자신이 아들과 단 둘이 남게 된 것이 다행인 것처럼 보였다. 그는 은아가 오래 잘 버텨왔다고 생각했다. 장례식이 치러지는 동안 은아와 두 딸이 떠나는 화장터에도 그의 모습은 보이지 않았다. 아내와 그 딸들이 죽음을 맞은 교통사고는 단순 사고로 아무런 법의 조치도 받지 않고 종결되었다.

미자의 승용차가 길모퉁이를 돌자 커다란 병원 간판이 눈에 들어왔다. 장례식장 입구는 지하로 연결되어 있었다. 미자는 승용차를 세워두고 장례식장 안으로 걸어갔다. 빈소 입구에는 다원회 모임에서 보내온 근조화환이 눈에 들어왔다. 친구들이 보낸 근조화환 옆에는 육군 모 부대 사단장이 보낸 근조화환도 눈에 들어왔다. 군부대 근조화환은 국화 꽃송이보다 리본 글씨가 유난히 크게 쓰여 있어 균형이 맞지 않았다.

미자는 빈소를 향해 들어섰다. 빈소에는 검은 상복을 입은 청년 혼자 우둑하니 서 있었다. 검은 양복에 두 줄 삼베 완장은 내가 주은아의 아들이라고 적어 놓은 것 같았다. 미자가 호프집에서 보았던 그 아이였다. 엄마와 누나들의 빈소를 지키고 있는 상주는 이제 갓 스물을 넘긴 앳된 얼굴 있었다.

미자는 살며시 은아의 영정 앞으로 다가갔다. 그리고 국화꽃 세송이를 들어 은아의 단상에 한 송이씩 나눠 그들 앞에 올려놓았다.

새초롬하게 내려다보는 은아의 영정사진을 올려다보았다. 그리고 미자는 고개를 숙였다. 친구를 보내는 슬픔에 미자는 한동안 고개를 들지 못했다.

"은아야! 잘 가… 혼자가 아니라 쓸쓸하지는 않겠네."

그녀는 고개를 숙인 채 낮은 음성으로 중얼거렸다. 미자의 속울음이 눈물이 되어 발등 위로 떨어져 내리고 있었다. 은아를 보내는 마지막 인사치고는 어린 딸들 때문에 너무나 가슴 아픈 소리였다. 은아의 영정사진을 올려다보았다. 그러자 그녀의 눈에서 또다시 눈물이 바닥으로 떨어져 내렸다. 흰 국화꽃 송이는 단상 가득 은아의 영정 곁에 피었건만, 양옆으로 아직 피지도 못하고 저버린 큰딸과 작은딸에 영정사진이 철없이 웃고 있었다.

조문을 끝낸 그녀는 은아의 아들 앞으로 다가가 공손히 고개를 숙였다. 그리고 미자는 은아 아들의 어깨를 살짝 감싸 안았다.

은아가 세상을 떠나고 한 달간 병원에서 지낸 그가 아내와 살던 집으로 돌아왔다. 현관문을 열자 싸늘한 공기가 얼굴을 치고 들어왔다. 보일러를 끈 채 닫혀 있던 집, 누구의 숨결도 남지 않은 공간, 그는 천천히 구두를 벗는다.

천장은 조용하고 거실은 멀쩡하다. 하지만 무언가가 없다. 아니, 누군가가 없다. 아내의 슬리퍼는 여전히 신발장 모서리에 기대 있다. 집안으로 들어선 그는 감정 없이 걸음을 옮기고 있다.

그리고 안방으로 들어선다. 작은 화장대에는 아내가 아끼던 향수병이 눈에 들어왔다. 그의 눈길이 화장대 아래쪽으로 향하고 있다.

그는 서랍장 아래 세 번째 칸을 조급히 열었다. 서류봉투가 보이지 않자 서랍 밑바닥을 더듬다 아내의 속옷가지가 밖으로 밀려 나왔다. 무언가를 만진 걸까. 잠시 멈춘 손놀림. 그가 손에서 꺼내든 건 삼성생명 마크가 찍힌 그것을 꺼냈다. 묵직한 종이 냄새. 입꼬리가 살짝 올라간다.

그것은 조용한 발작, 아니 자신도 모르는 조용한 발작처럼 그 웃음은 소리 없이 흔들리고 그의 어깨가 심하게 따라 흔들리고 있었다.

묘한 만남

해질녘 꽃노을은 붉은 물감으로 색칠한 하늘이었다.

여름을 성큼 앞당긴 날씨 탓인지 적당한 바람이 불어오는 호수공원에는 강아지를 데리고 산책을 나온 사람들이 많았다.

곽상우는 승용차에서 내리는 최수옥 그녀를 바라보고 있었다. 그는 반갑다며 그녀를 향해 악수를 하기 위해 손을 내밀었다. 그리고 공원을 걸어보자는 말을 덧붙였다. 그녀는 박상우와 공원을 향해 걷기 시작했다. 곽상우의 곁을 걷고 있는 그녀의 옷소매 깃이 그의 소매 끝에 닿아 가치작거렸다.

“이곳까지 찾아오는 길 힘들지 않았어요?”

박상우는 그녀의 높은 구두 위로 흙먼지가 발등까지 내려앉는 모습을 바라보며 넌지시 말을 던졌다.

“그러게요, 멀지는 않았지만 공원에서 뵙자는 분은 처음이라 당황하긴 했어요.”

그녀는 살짝 웃어 보이며 그를 힐긋 바라보았다. 그 남자의 첫 인상은 낯설지 않았다. 서글서글해 보이는 외모로 말붙이기 좋은 이웃집 아저씨 같아 정감이 갔다. 또렷한 말투에서 맑은 기운이 느껴졌다. 여러 명 맞선을 본 남자들과는 뭔가 다르다는 생각이 들었다. 말없이 공원을 걷던 곽상우는 그녀를 바라보며 카페가 아닌 장소라 미안했는지 에둘러 말을 걸어왔다.

“이것도 다 인연입니다. 카페나 호텔레스토랑보다는 맑은 공기가 좋지 않을까 싶어 장소를 정했는데 이곳도 복잡하네요.”

그의 얼굴에서 미안해 하는 모습이 묻어났다.

“제가 커플메니저에게 야단 좀 쳤어요. 매칭커플 좀 잘 선택해서 소개하라고 한소리 했거든요. 돈 값 좀 하라고….”

“그런가요. 저도 이제는 소개받는 거 그만 두려고요.”

그녀는 짧게 대답했다.

그녀도 이번 만남을 끝으로 맞선 보는 시간은 그만 두겠다고 생각했다. 지금 장소가 공원이라는 것이 그다지 달갑지는 않았지만 싫지 않다는 말투로 대답했다. 상대편에 대한 배려의 일부라는 생각이 들었기 때문이다. 여름을 시작하는 더위는 해가 저물어가는 데도 후끈 달군 열기를 식히지 못했다. 그녀의 얼굴에서는 송골송골 땀방울이 솟고 있었다. 산책길에서 스쳐가는 사람들을 피해 가며 호수공원을 반쯤 돌았을 때쯤 곽상우는 그녀 앞으로 손을 내밀었다.

“우리 손잡고 걸을까요? 남들이 보면 부부도 아니고, 애인도 아닌 이상한 관계로 볼 것 같으니…. 내 손 잡아요.”

커다란 손을 그녀 앞으로 쑥 내밀었다. 그녀는 그런 그의 행동에 멈칫 했다. 초면에 손을 잡고 걷자고 하는 그의 속셈은 알 수 없었지만 이해가 되도록 설명하는 그 남자의 말도 맞는 말 같았다. 첫 느낌 탓인지 몰라도 그의 행동이 그녀도 그다지 싫지는 않았다. 그와는 초면이었지만 인증된 남자란 생각이 들어 그녀는 조심스럽게 곽상우의 손 위로 손을 살짝 얹었다.

온통 유리로 둘러싸인 아파트는 채광이 좋았다. 햇빛은 집 전체를 돌아가며 거실을 향해 침범해 왔다. 남들 보기는 좋고 넉넉한 모양세지만 살아가는 데는 아파트 전체가 유리창으로 되어 있어 불편함이 따랐다. 곽상우는 아파트 관리비 고지서를 들여다보고 있었다. 백만원이 넘는 숫자가 눈으로 확 들어왔다. 큰 거실 탓인지 에어컨 냉방을 틀어 놓았어도 집안은 시원하지 않았다. 공과금 고지서를 소파 위에 집어 던지고 이곳저곳 안쪽 암막 커튼을 내려놓았다.

아내와 헤어지고 재결합을 하기에는 자존심이 허락하지 않았다. 그의 아내와 헤어진 후 지루한 모든 일상은 매사가 재미없었다. 의욕마저도 상실해 허탈했다. 그러다 알게 된 결혼정보업체 사이트를 열게 되면서 신상을 입력하다보니 보름에 한 번꼴로 결혼정보업체에서는 상대편 여자와 만남을 주선해 주었다. 그러나 곽상우가 바라는 여자는 그의 눈앞에 나타나지 않았다. 그는 세련되고 인품 있는 여자가 최후의 배우자로 곽상우의 전 아내보다 월등한 여자를 만나게 될 거라고 믿었다. 그는 소개팅에 나갈 때마다 설레는 마음으로 장소에 들어섰지만 인연은 그렇게 선뜻 나타나지 않았다. 성사가 될 때까지 상대방을 만나게 해준다는 말에 많은 비용을 지불했던 곽상우 자신도 슬슬 마음이 지쳐가고 있었다.

그러던 차에 결혼 정보업체 메니저에게 전화가 걸려왔다. 상대방 여자의 전화번호를 처음으로 곽상우에게 알려주었다. 전화를 직접 걸어 약속장소를 정해 보라는 연락을 받았다. 곽상우는 결혼성사가 안 되면 계약금을 돌려받겠다고 엄포를 놓은 것이 약발 같아 기분이 좋았다.

최수옥을 공원에서 만나 데이트를 즐기고 온 후로 곽상우는 그녀가 머릿속에서 살며시 그려지기 시작했다. 첫날부터 손을 잡은 느낌 때문인지 야릇한 감정이 사라지지 않았다. 아들만 둘을 둔 그는 오래전 아이들을 호주로 유학을 보내고 난 후로 아들들은 같은 식구가 아닌 그저, 가족의 일원이라는 생각이 들었다. 오랫동안 타국에 살고 있던 아이들이 없는 집에는 곽상우와 둘이 살던 아내의 외로움은 외도라는 결과를 불러왔지만 그는 눈치 채지 못했다.

곽상우의 일상은 열심히 돈 버는 일에만 열중했다. 돈을 버는 일과 사회생활에 빠지다보니 아내에게 소홀했던 곽상우는 배신을 당하고 말았다. 여자에게는 아이들이 눈앞에서 아른거릴 때만 행복인가 싶었다.

가장은 자상함보다 물질적으로 맘껏 누릴 수 있도록 아이와 아내에게 해주면 불만이 없을 거라 생각했다. 그가 아내에게 베푼 물질만이 최선은 아니라는 생각이 든 것은 아내가 가정을 이탈하고서야 깨달은 여자의 심리였다. 그런 곽상우의 집에는 엄마가 떠나고 없는 집으로 아들들은 유학을 끝내고 돌아와 함께 지내고 있었다.

곽상우와 만나게 된 수옥의 나이는 마흔 후반이었다. 공무원으로 오래 근무를 해서인지 먹고사는 데는 별문제가 없었다. 그녀에게도 딸이 둘이나 있었다. 곽상우와 그녀는 다섯 살 나이차이가 났다. 그러다보니 그녀의 딸들과 곽상우의 아들과의 나이 차이는 그리 크지 않았다.

곽상우는 그녀를 만난 지 얼마 되지 않았지만 하루에도 몇 번씩 그녀에게 전화를 걸어 친밀감을 쌓으려 했다.

전 아내에게 받은 충격은 실로 큰 변화를 가져왔다. 돈이 아닌 마음을 얻는 것이 사랑이라고 여겨졌다. 그리고 빨리 가족들과 상견례를 하고 그녀와 한 집에서 살고 싶다는 생각이 들었다. 그녀를 만나고 나서 곽상우는 결혼정보업체도 믿어볼 만하다는 생각이 들었다. 많은 돈을 지불했지만 그것이 아깝다는 생각은 잊어버렸다.

그녀를 만나고 온 그날부터 그는 좀처럼 타고 다니지 않던 외제타를 타고 그녀를 만나러 갔다. 곽상우의 큰 평수의 아파트도 그녀에게 구경시켜 주고 싶었다. 그녀의 모습이 상상이 가서 슬며시 웃음이 났다. 그녀와 함께 살게 될 미래는 전 부인 보란 듯이 그녀와 잘 살아보리라는 다짐을 했다. 곽상우의 얼굴에서는 매일 웃음이 떠나지 않았다. 중년이 되어 만난 두 번째의 사랑, 곽상우는 한 번도 느껴보지 못한 신혼의 단꿈을 꾸는 기다림으로 매일 마음이 부풀어 있었다.

컴퓨터 화면 아래서 살며시 결혼정보 광고가 밀고 올라왔다. 수옥의 컴퓨터에서 자꾸만 쓸데없는 광고가 떠올랐다. 궁금증에 한번 들어가 본 사이트가 문제였다. 연애도 못해 보고 결혼을 하고보니 남자 보는 눈이 없었던 수옥으로서는 결혼에 실패를 했다. 두 딸을 데리고 이혼을 했지만 양육권과 집 한 채가 그녀의 위자료였다. 당장 불편하게 살지 않았던 것은 그녀의 든든한 직장이 한몫을 한 결과였다. 아이들을 키우는 데는 별 지장이 없었다. 남자를 만난다 한들 그건 엄마의 비상구일 거라고 생각하는 수옥의 아이들은 훌쩍 자라 있었다.

점심을 먹고 난 오후 시간이었다. 망설이던 사이트에 그녀는 자신의 신상을 적어 넣기 시작했다. 이런 곳은 어떤 곳인지 궁금했다. 수옥은 재혼을 목적으로 사이트에 입력한 건 아니었다. 남자라는 존재를 어디서 만날까 고민은 한 적이 있었다. 나이트클럽이나 술집 같은 곳은 싫었다. 마땅히 소개를 해준다는 친구들도 없었다. 남아 있는 인생은 무리하게 오십을 넘겨 살고 싶지 않다는 생각이 들었다. 지금이 가장 좋은 나이라는 생각이 들기 시작했지만 아직 결혼하지 않은 두 딸들이 마음에 걸렸다. 결혼이라도 시키고 난 후, 남자를 만나는 것이 옳다는 생각이 들었지만 조금 더 시간이 지난다면 뒷방 노인네처럼 늙어갈 자신이 싫었다. 자식들에게 짐으로 남겨질 엄마라는 자리도 부담감이 들었다.

연애결혼을 하게 된 수옥의 청춘은 이십대의 짧은 시간을 보내고 결혼을 했다. 젊음은 아쉬운 시간들이 많았다. 이제 오십을 바라보는 나이가 되고 보니 중년도 얼마 남지 않은 것 같아 매칭 사례비라도 주고 정확한 신분의 남자를 만나는 것이 옳다고 생각했다. 수옥은 업무용 컴퓨터에 떠오른 사이트에 자신의 신상을 입력 하고나자, 사나흘이 지나 결혼정보업체 커플매니저라는 여자가 수옥을 찾아왔다. 처음엔 사기일 수도 있다는 생각이 들었다. 그녀는 심사숙고했다. 그러나 매니저라는 여자의 설득으로 결국 비싼 비용을 지불하고 회원등록을 했다.

수옥이 받은 신부등급은 어떻게 주어졌는지는 알 수 없었지만, 정말 큰 비용을 지불했다. 무슨 용기였는지 그녀 자신도 알 수가 없었다. 결혼정보업체는 그녀에게 만나야 할 남자와 장소, 시간을 통보해 주었다. 맞선에 나온 남자들은 그녀보다 열 살이나 연상인 사람들도 있었다. 가진 자의 선택처럼 건방진 사람들도 있었다. 그녀 또한 재혼을 목적으로 만나고 싶다는 생각은 없었다. 맞선이 무엇인지 호기심이 더 많았다. 수옥이 만나본 사람마다 매칭으로 연결하고 싶은 사람은 없었다.

첫 번째 맞선 소개팅을 하러가는 날은 마음이 두군 거리기도 했었다. 그러나 맞선 남자들과는 그날이 처음이자 마지막 날이었다. 두 번은 만나지 않았다. 그만큼 그녀에게 재혼은 절실하지 않은 것 같았다. 곽상우와 만난 이번이 마지막 만남으로 끝을 내겠다고 마음먹었다. 수옥의 매니저는 매칭 남자한

테서 직접 전화가 갈 거라고 꼭 만나라는 전화를 남겼었다. 오늘로 마지막이라며 만난 그가 곽상우였다.

호텔 라운지는 고급스러웠다. 서울의 야경은 어둠을 아름다운 오색 별들로 수놓고 있었다. 지금 호텔 레스토랑 분위기만으로도 압도당하는 기분이었다. 아버지와 아들들, 수옥을 닮은 딸 둘이 그들과 만나는 상견례 자리였다.

곽상우를 향해 수옥의 딸들이 멋쩍게 인사를 하며 고개를 숙였다. 간단한 눈인사가 끝나고 곽상우는 곁에 앉은 큰아들과 작은 아들 이름을 소개한 뒤 그녀도 자신의 딸들을 소개했다. 그리고 자리에서 일어난 곽상우는 수옥의 딸아이 곁으로 다가갔다. 그리고 그녀의 큰딸과 작은딸의 어깨에 손을 살포시 얹으며 다정하게 말을 건넸다.

"너희들 너무 예쁘구나."

"이쁘게 잘 자랐어. 잘 컸어!"

"우리 딸들은 이 세상에서 가장 멋진 신랑감을 만나야겠네."

그는 그녀의 아이들을 우리 딸들이라고 호칭을 바꾸어 말을 건넸다.

곽상우의 목소리는 친아빠가 하지 못했던 인자한 음성으로 두 아이들의 어깨를 토닥여 안아주었다. 순간 수옥은 고맙다는 생각이 들었다. 저 정도의 마음이라면 한 가족으로 충분히 살아도 될 것 같았다. 살며시 웃는 수옥의 딸들 눈빛에서 살짝 이슬이 맺히고 있었다. 오랜만에 만난 아빠의 음성으로 착각한 것처럼 보였다. 아니, 수옥의 두 딸들은 지금 만날 아빠라면 차라리 진작 자기들 아빠로 왔으면 좋았을 거라는 생각이 가득해 보였다. 그리고 새로운 가족으로 잘 지내보자는 말과 함께 술잔을 들어 한 곳으로 모았다. 고운 소리를 내는 와인잔 속에는 레드와인이 살짝 출렁이고 있었다.

아이들과 상견례가 있은 후 두 집안 아이들은 서로 전화번호를 교환하고 오빠와 동생들로 만나 식사도 하며 사이좋게 지내게 되었다. 갑자기 생긴 곽상우의 아들들은 여자들이 없는 집에서 자라다보니 친여동생들 같아 매일 신이 난 모습들이었다. 수옥의 딸들도 아빠가 없는 부재의 자리가 새로 생긴 오빠들로 인해 마음이 들떠있었다. 예전부터 알고 지낸 오누이들 같았다. 엄마와는 또 다른 그들의 그림을 그려가고 있었다. 영어에 능통한 곽상우의 아들은 제법 수옥의 딸들에게 토플영어 교사가 되어 주기도 하였다.

곽상우와 수옥은 적어도 일년은 사귀어 보고 결혼을 하기로 했다. 그건 겪어보고 살겠다는 그녀의 생각이었다. 그러면서 그들은 곽상우의 전 부인과의 묵은 살림들을 치우기 시작했다. 곽상우는 그녀와 매일 새로운 집기류를 준비하고 사들였다. 그는 수옥에게 직장을 그만두고 집에서 살림만 해주길 권했지만 수옥은 그렇게 빨리 직장을 그만두고 싶지 않았다. 오랜 시간 애써서 쌓아올린 그녀가 지켜온 자리를 쉽게 포기한다는 것은 아쉬움이 많았다. 아이들과 굶지 않고 지낼 수 있었던 것도 지금 수옥의 직장이 한몫을 톡톡히 한 셈이었다. 그래서 직장에 대한 애착이 아닌 고마움이 깊었다. 곽상우는 자신의 집에서 저녁을 준비하는 수옥을 향해 살짝 백허그를 하며 허리춤을 감싸 안았다.

"당신은 언제 직장 그만 둘 거야?"

"생활비는 내가 준다니까."

곽상우는 그녀를 만난 지 얼마 되지 않아서부터 수옥을 '여보'라는 호칭을 넣어 부르기 시작했다. 곽상우는 퇴근하면 아내가 차려주는 한 끼의 집밥이 그리웠다. 아내가 떠나간 후로 그는 늘 밖에서 저녁을 해결하고 집에서는 잠만 자고 출근하는 것이 전부였다. 그런 떠돌이 같은 하루가 이제는 싫다는 생각이 간절했다. 가끔씩 수옥이 차린 밥상을 곽상우의 아이들이 함께 먹는 집밥은 타지에서 살던 아들들도 특별한 밥상이 되었다. 함께 산다는 가족의 의미를 느껴보는 그런 기회에 모두는 만족했다. 두 집 아이들은 이해하기 힘들 정도로 너무 가깝도록 붙어 다니며 친숙하게 지내고 있었다.

한 계절은 쉽게도 지나가 버렸다.

이제 이번 가을이면 곽상우는 새롭게 한 집에서 살 수 있다는 수옥과의 부푼 꿈으로 둘이 꾸민 60평 남짓한 아파트도 확연하게 달라져 있었다. 온화한 분위기가 집안에 역력하게 묻어났다.

회사에서 서류를 정리하던 곽상우에게 갑자기 큰아들의 전화가 걸려왔다.

"그래, 어쩐 일로 전화를 다하셨나. 바쁘신 몸이…."

곽상우는 요즘 들어 집에도 들어오지 않고 외박이 잦은 아들을 향해 비꼬듯 넌지시 말을 던졌다.

"아빠, 저 아빠한테 할 말이 있는데…."

곽상우의 큰아들 목소리에는 어정쩡한 말투가 뭔가 자신감이 없는 두려움이 뒤섞여 있었다.

"무슨 말을 하고 싶어서, 용돈이 없으신가?"

"그게 아니라…."

큰아들은 말끝을 흐렸다.

곽상우는 큰아들이 무슨 변고를 저질렀나 하는 생각이 문득 뇌리를 스치고 지나갔다.

"왜 그래, 무슨 일인데? 그럼 저녁 8시쯤 커피숍에서 만나자."

곽상우는 오늘 일정이 빠듯했지만 아들의 얼버무리는 소리가 아무래도 궁금했다. 그는 약속장소에 나가기 위해 나머지 일정을 서둘러 마무리할 수밖에 없었다.

저녁 무렵이 다 되어서 마지막 거래처를 다녀온 곽상우는 그 길로 아들과 만나기 위해 약속한 장소를 향해 승용차를 몰았다.

곽상우가 들어선 카페에는 '지아' 라는 가수의 '술 한잔해요' 라는 발라드의 슬픈 음률이 귓전에 파고들어 왔다.

이내 그는 두리번거리며 아들을 찾았다. 아들의 뒷모습 옆으로 나란히 앉아있는 여자의 뒷모습은 사시랑이처럼 말라보였다. 곽상우는 그들을 향해 스적스적 걸어갔다. 가까이 다가간 그는 예상치 않은 모습에 눈이 휘둥그레졌다.

"어! 딸도 같이 왔어?"

긴 머리의 여자는 수옥의 작은 딸이었다.

곽상우는 혼자가 아닌 아들이 안심 되면서 한결 무거웠던 마음이 다소 가벼워졌다.

"무슨 일로 두 사람이 함께…."

곽상우의 반가운 표정과는 달리 두 사람의 표정은 대조적으로 그리 밝아 보이지 않았다. 어쨌거나 만났으니 우리 저녁 먹으러 근사한 곳으로 가자는 곽상우의 말을 흘려들으며 그의 아들은 무겁게 입을 열었다.

"아빠, …저 은희랑 결혼하면 안 돼요?"

생각지도 못한 말이 아들의 입에서 튀어나왔지만 곽상우는 본인이 잘못 들었다고 여겼다.

"얌마! 뭔 장난질을 그리 하냐. 동생한테 못하는 말이 없어."

곽상우는 태연한 척했지만 갑자기 가슴이 서늘해 오기 시작했다.

두 아이들의 표정은 웃음기를 잃은 얼굴로 심각해 보였다. 그런 아이들의 표정을 보며 그는 장난말이 아니라는 생각이 들었다.

"무슨 말이야? 확실히 얘기해 봐 무슨 말인지!"

일단 큰아들의 말을 들어보자고 생각했다. 곽상우의 큰아들은 더듬거리는 말투였다.

"아빠! 사실은 …은희가 임신을 했어요."

그의 큰아들은 기어들어 가는 작은 소리를 냈지만 그의 귓속으로 파고드는 소리는 송곳으로 찌르는 것 같았다. 큰아들과 딸애는 고개를 들지 못했다.

"응? 어떤 놈하고 사귄 건데?"

곽상우 그는 자신의 큰아들이라는 생각 앞에 짐짓 모른 체 걱정과 분노의 말들을 대뜸 쏟아냈다.

곽상우는 이번 가을이 되면 수옥과 조촐한 결혼식을 한다는 걸 가족들 모두 알고 있는데 큰아들의 말은 날벼락 같은 소리였다. 그는 순간 모든 핏기가 빠져 현기증이 일어나는 것 같았다. 가만히 눈을 감았다. 곽상우는 아무 말도 하지 못했다. 다른 사람도 아닌 본인의 아들이 뱉은 그 말은 거짓말 같았다. 아니 거짓말이길 바랬다. 그 문제는 일단 다시 생각해 보자는 말을 남기고 그는 자리에서 일어나 밖으로 나왔다. 주위는 온통 어둠이 짙게 내려앉아 있었다.

곽상우의 어깨는 돌덩이를 한가득 담긴 배낭을 가새질러 메고 나온 느낌이었다. 그 느낌은 간단한 것이 아니었다. 아니, 쉽게 지워질 성질의 것이 아니었다. 그로부터 시간이 흐를수록 곽상우 그는 삶의 희망을 잃은 듯 매사가 힘을 잃고 흐느적거렸다. 그만큼 그는 수옥 그녀와의 미래를 옹골차게 그려 나갔고, 그런 미래를 위해 모든 생활의 포커스를 그녀와의 재혼에 집중하고 있었던 차였다.

그런데 예상치도 않았던 아니, 꿈속에서도 생각지 않았던 암초에 걸렸으니 어떻게 해야 할지 갈피를 잡을 수가 없었다. 마치 미로 속에서 출구를 찾지 못해 방향감각을 잃어 헤매는 꼴이 된 셈이었다.

시간은 자꾸 흘러갔다. 그는 고민에 빠져 있었으나 큰아들 녀석은 자신들만의 미래를 향해 아버지의 입장은 아랑곳하지 않고 결혼준비를 해나가는 것 같았다. 부모가 말린다고 되는 것이 아니었다. 자신들의 행복이 우선이라고 생각하는 것 같았다. 이런 판국이니 곽상우 그가 아버지의 권위나 위엄으로 해결하기엔 너무 커버린 품 밖의 자식이 된 것이었다.

깊은 고민에 빠져버린 그는 깊이깊이 생각하다 못해 재혼하려는 최수옥을 만났다. 그녀의 생각을 듣고 싶기도 했지만 그녀 또한 깊은 고민에 빠져 있음을 알기 때문에 뭔가 돌파구를 찾기 위함이었다. 수옥을 만난 곽상우는 진퇴양난의 기로에 서게 된 두 사람의 사랑도 지키고 싶다는 생각이 간절했다. 수옥은 이런 상황이면 부모가 양보하는 게 맞는 것 같다며 강력히 주장을 했다. 그러나 곽상우의 생각은 수옥과 확연이 달랐다. 그리고 수옥을 설득시키려고 입을 열었다.

"당신은 이렇게 애들 때문에 우리의 인생을 포기하는 게 맞다고 생각해?"

곽상우는 수옥을 향해 따지듯이 물었다.

“우리가 누구를 위해 산다고 생각해? 우리 인생은 우리가 살아야 되는 거 아닌가 당신이나 나나, 모두 나 자신을 위한 삶이라고 생각 안 해봤어?”

곽상우는 수옥을 향해 열변을 토하며 우리의 인생이 우선이라고 수옥과의 미래를 포기하지 않겠다고 주장을 했다. 순옥의 마음도 곽상우와 같았지만 딸아이의 미래가 걱정이 되어 고민하는 표정이 역력하게 드러나고 있었다. 아이들은 어떻게 하고 같이 살자는 건지 수옥의 머리로서는 도저히 해결할 방법이 떠오르지 않았다. 곽상우는 우리가 우선이라고 한번 더 강하게 주장을 했다. 아이들은 젊으니까 기회가 있다고 말하며 우리가 원만하게 살아야 아이들의 행복도 보장할 수 있다고 밀고 나갔다. 곽상우는 그날 수옥과의 만남에서 확실한 결론을 내지 못한 채 수옥을 그녀의 집 앞까지 데려다 주고 그도 집으로 향했다.

한겨울에도 봄이 온다는 말이 있다고 했다. 겨울은 아니지만 무거운 마음 탓인지 몸살기가 느껴졌다. 집으로 돌아온 곽상우 그는 장식장에서 위스키 한 병을 꺼내 식탁 위에 올려놓았다. 오늘은 도저히 말이 통하지 않는 수옥과 큰아들의 일로 술이라도 실컷 마시고 싶은 심정이었다. 아니, 너무나 고민이 깊어 술을 마시지 않고서는 도저히 잠들 것 같지 않았다. 유리잔에 위스키를 가득 채웠다. 그리고 단숨에 마셔버렸다. 위스키의 싸한 목 넘김이 숨구멍을 뚫어주는 것 같았다.

곽상우는 어젯밤에 마신 술기운이 탓에 다음날 아침까지도 숙취가 해소되지 않아 머리가 아파왔다. 그리고 그는 수옥과 큰아들에게 전화를 걸었다. 두 사람을 불러서 결판을 내고야 말겠다고 생각했다. 이번 일을 결론짓지 않고서는 도저히 회사일이 손에 잡힐 것 같지 않았다. 그는 수옥과 큰아들을 집에서 만나자는 약속을 하고 전화를 끊었지만 마음은 개운하지 않았다. 그날 저녁이 다 되도록 곽상우는 종일 자리에서 일어나지 않았다. 술기운 탓도 있었지만 어떻게 결론을 내야 좋을지 고민이 깊었다. 그의 큰아들 인생과 자신의 인생을 결정하는 문제는 그리 쉬운 일이 아니었다. 다시 살아갈 두 번째 자신의 인생만큼은 포기하고 싶지 않다는 생각이 간절했다. 그는 자기가 포기한다고 생각할수록 머릿속이 지끈거렸다. 태어날 손주와 아들을 생각한다면 자식들이 결혼하는 게 당연하다는 생각이 들면서 그의 마음도 종잡을 수 없게 오락가락하는 느낌이었다.

(나쁜 자식들…)

그들을 이해하려고 할수록 곽상우의 입에서는 자꾸만 서운한 말들이 입 밖으로 튀어나왔다. 저녁 무렵이 다되어 수옥과 곽상우의 큰아들이 집으로 들어섰다. 그도 자리를 털고 일어나 그들을 기다리고 있었다. 그의 큰아들은 그간 고민을 많이 한 탓인지 그 사이 얼굴이 핼쑥해져 수축해 보였다.

곽상우는 아들을 향해 어떻게 할 것인가를 물어보았다. 큰아들은 죽어도 수옥의 딸과 결혼하겠다고 강한 고집을 피웠다. 도저히 막을 수 없다고 그도 생각은 했지만 아들이 자기주장을 할 때는 무슨 방도가 있을 거라는 생각이 들었다. 그리고 수옥에게 그의 마음을 물어보았다. 그녀는 아무런 대답도 하지 못했다. 딸아이 가정교육을 제대로 시키지 못한 수옥의 탓인 듯 도리어 수옥이 죄인 같아 보였다. 그러나 엄마의 마음이란 당연히 자식을 위해 본인의 인생은 포기하는 게 옳다는 생각을 버리지 않고 있었다. 그리고 수옥이 입을 열었다.

"그럼 아이들 일은 어떻게 할 건데요? 우리가 결혼할 거라는 것도 모두들 알고 있는데 이런 상황은 흔한 일이 아니라 남의 이목도 있고, 저는 못할 것 같아요."

수옥은 곽상우와 결혼하면 안 된다고 변함없는 주장을 했다. 수옥의 말을 듣고 있던 곽상우는 평상시보다 조금 높은 목소리를 내며 수옥을 바라보았다.

"그럼 당신과 내가 포기하자고? 아니, 그건 내가 싫어. 난 당신하고 살 거야."

곽상우의 아들이 얼마나 큰 잘못을 했는지 일깨워 주듯 잔뜩 화가 난 말투였다. 이런 상황은 관계가 묘하게 얽혀있는 티비 속 드라마일 뿐 현실로 받아들이기에는 한숨이 나왔다. 그러나 아이들도 곽상우 자신도 결혼을 못할 이유 또한 없다는 희망이 밀려왔다. 수옥의 딸과 곽상우의 큰아들은 친남매 사이가 아니라는 생각이 하나의 돌파구처럼 파고들었기 때문이었다.

그때 조용히 생각에 잠겼던 수옥이 몇 번 군침을 삼키더니 결심을 한 듯 입을 열었다. 그녀는 습관처럼 흘리던 미소를 버리고 곽상우와 큰아들을 바라보며 결혼을 하겠다고 말을 했다.

곽상우의 큰아들은 몹시 놀라는 모습이었다. 그녀도 둘의 결합으로 인해 어떤 결과가 다가오더라도 곽상우 그를 믿어보기로 했다. 지난번 만남에서 누구를 위해서 나머지 인생을 살 거냐고 힘주어 말하던 그의 모습이 떠올랐다. 그래서 수옥은 그와 결혼을 하겠다고 마음을 먹었다. 수옥의 말을 듣고 나서 곽상우의 큰아들은 그러면 은희와 자기는 어떻게 하냐며 아버지가 양보해 달라고 떼를 쓰기 시작했다. 그러나 그건 아무 생각 없이 일을 벌인 너희들 책임이라고 그는 아버지로서 엄하게 훈계를 했다. 그리고 곽상우는 큰아들을 향해 성인라면 모든 걸 결정한 사람이 책임도 지는 거라며 따끔하게 일러 주었다. 곽상우도 큰아들과 은희의 앞날을 걱정하지 않을 수 없었다. 그때 곽상우의 아들이 제안을 했다.

"아빠, 저희 외국으로 나가 살면 안 될까요? 그러면 큰 문제가 없잖아요."

아들은 이런 경우를 대비해서 미리 준비했던 말을 하는 것 같았다.

아들의 말을 듣고 한참을 생각한 곽상우는 수옥과 아들을 번갈아 바라보았다.

"그래 좋아, 그럼 그렇게 하자. 그것이 모두를 위해 제일 좋은 방법인 것 같다. 너는 은희와 외국으로 나가서 살아봐. 호주는 니가 유학을 한 곳이니 그곳이 제일 좋을 것 같네."

곽상우는 지금부터 아들과 은희가 떠날 모든 준비를 시작하라고 일러두었다. 그리고 수옥에게도 간소하게 아들의 혼인을 준비해 보라는 부탁의 말을 덧붙였다.

세 사람 모두 곽상우의 큰아들 말에 동감을 하고 낯 빛이 환해지기 시작했다. 길이 보이지 않던 곳에 길이 보이기 시작한 것처럼, 수옥의 집과 곽상우의 가족만 괜찮다고 생각하면 큰아들과 곽상우의 인생은 이별이 없는 인연으로 하나의 부모가 둘의 부모 역을 맞아하는, 조금은 윤리적 측면에서 어긋난 행위일지라도 외국이라는 나라에서 아들이 산다면 괜찮을 것 같다는 생각이 들었다. 모두가 상처 받지 않고 살아갈 수 있는 돌파구를 만들고 난 후 그의 아들과 수옥이 각자의 거처로 돌아갔다. 그간 고민에 쌓여있던 곽상우는 자리를 털고 일어났다. 이제 부터는 준비할 것들이 많다고 생각하며 휴대폰 속에 이름을 뒤적였다.

오늘은 거실 햇살이 포근하게 느껴지며 마음이 간사하다는 생각이 들었다. 그리고 오랫동안 소식을 전하지 않았던 호주에 사는 그의 누나에게 전화를 걸었다. 큰아들과 수옥의 딸 은희가 그곳에서 살아갈 주택을 마련해 달라는 부탁을 했다. 마지막 대안으로 아들이 생각해낸 방안에 그는 마음이 홀가분해져 있었다. 수옥의 딸과 호주에서 살겠다는 말을 꺼냈을 때 그 자신도 생각해 두었던 말을 아들이 먼저 꺼내서 마음의 짐을 덜어낸 것 같았다. 아빠의 허락을 받고 기뻐하는 아들을 보며 그들의 행복도 인정해 주고 싶었다. 이번 일로 가슴을 조렸을 수옥의 딸이며, 며느리가 될 은희에게 전화를 걸어 마음고생이 많았을 거라는 위로도 잊지 않았다. 큰아들의 미래는 태어날 손주를 위해서라도 지원을 충분히 하겠다는 약속을 단단히 해두었다. 곽상우가 모든 결정을 끝내고 나서 그와 수옥의 집안은 폭풍을 만났다가 근심을 털어낸 것처럼 편안해 보였다. 큰아들이 외국으로 떠나고 나면 그는 수옥과 결혼하는 것으로 결말을 지었다. 그리고 수옥과의 결혼날짜를 발표했다.

여름이 꼬리를 감추고 가을로 접어드는 날씨는 맑고도 쌀쌀하게 느껴왔다.

큰아들 내외가 떠나는 날이 되어 모두 공항으로 배웅을 나와 있었다. 공항은 여전히 분주하고 어수선했지만 아직 도착하지 않은 아이들을 기다리며 수옥과 공항 커피숍에 앉았다. 곽상우는 우여곡절의 시간들이 머릿속을 스치고 지나갔다. 첫날 수옥과의 만남에서 곽상우가 내밀던 손을 그녀가 잡지 않았다면 그녀와의 인연은 지금까지 이루지 못했을 것 같다는 생각이 들었다. 그녀를 보는 순간 자신의 여인이라는 생각이 분명하게 다가왔다. 지금 지켜주고 사랑하고 싶은 여자 최수옥을 놓치고, 평생을 후회하지 말라며 강력히 곽상우의 마음은 주장질을 했었다. 지금 곽상우 곁에 있는 수옥이 그의 자식들보다 고맙다는 생각이 들었다. 그간 혼자 살며 느낀 허전함이나 무력함은 수옥을 알고 나서 모두 사라져 버렸기 때문이었다.

곽상우의 아들과 수옥의 딸이 공항에 도착했다는 말에 그는 수옥의 손을 잡고 일어섰다. 수옥은 공항로비에 도착한 아이들을 보는 순간 시울이 붉어져왔다. 그냥 오빠와 동생으로 지냈어도 좋았을 것처럼 순수하고 다정해 보였다. 그러나 수옥에 눈에는 호주로 떠나는 자식들이 물가에 내려놓는 아이들 같아 마음이 편치 않았다. 수옥의 딸아이가 엄마를 향해 뛰어와 덥석 안겨왔다. 수옥은 딸아이와 곽상우의 아들도 꼭 안아 주었다. 아들이며 사위가 되는 곽상우의 큰아들은 아빠를 잘 부탁하는 말도 잊지 않았다.

공항 게이트를 향해 발길을 돌리는 두 자녀를 바라보며 수옥은 고개를 끄덕이며 눈인사를 보내고 있었다. 돌아선 아이들 등 뒤로 수옥의 참았던 눈물은 볼을 타고 흘러내렸다. 게이트 안쪽으로 모두 사라진 썰렁한 입구를 바라보며 그녀는 한동안 발길을 옮기지 못했다. 그런 수옥의 손을 곽상우는 힘주어 꼭 잡아 주었다. 이별은 남는 자의 몫이라고 했던가. 세월이 흘러서 만나게 될 자식들과의 묘한 상봉이 수옥의 가슴으로 그림자처럼 스쳐지나 가고 있었다.

달빛 스미던 밤

시아버지가 소천했다는 부고를 받았다.

부랴부랴 서둘러 장례 준비를 했다. 시아버지의 죽음 앞에서 눈물이 나는 것이 인지상정이었지만, 눈물은커녕 멍할 뿐이었고 그 멍한 머릿속에는 자유라는 일종의 빛이 비집고 들어왔다. 왜일까? 그 자유의 빛은 이제껏 함께해 온 가족의 의미에서 배려되는 도리인 줄 알고 있는 나로서는 나 자신에게 그 연유를 묻고 싶었다.

시간이 흐르면서 장례식장은 으레 그렇듯 조문객들로 붐비고 있었다. 의식적으로 조문을 받을 뿐 내게 슬픔이라는 감정은 존재하지 않았다. 그것은 결혼 후 그간 있었던 일련의 사건들이 주마등처럼 뇌리를 스치며 지나가고 있었다.

"언니!"

초등학생 시누이가 어둑한 골목을 뛰어와 조막손에 만 원짜리 지폐 한 장을 내밀었다.

"이거, 아버지가 택시 타고 가시래요."

구겨진 지폐 한 장에 허무한 웃음을 지으며 나는 만 원을 받아 들었다. 택시라도 타고 가라고. 시부모를 떠나야겠다고 어린 딸과 친정 언니네로 향하는 새벽은 어둠이 짙게 내려앉아 있었다.

친정으로 가지 못한 발걸음은 친정 언니네 집 허름한 조각방에서 8개월 된 딸과 함께 시작하기로 했다. 그래, 시작해 보는 거다. 죽을힘을 다해 아끼고 아껴서 일어나 보는 거다. 나는 다짐하고 또 다짐해 보았다.

택시비를 하고 남은 팔천 원으로 천장에 전등을 달았다. 전등불도 달리지 않은 허름한 빈 가게 터에 친정아버지는 고생 좀 해보라는 듯이 방을 만들어 주셨다. 시댁을 나오고 나는 시댁에서 살던 살림을 실어 왔다. 시어머니는 결혼에 해드린 혼수 이불을 친정으로 보내 버렸다.

나는 그런 것쯤은 안중에도 없었다. 스물 갓 넘은 나이에 여덟 식구 식사를 책임지고 있었다는 것이 스스로 대견스럽기도 했다. 시누이와 시동생 등교를 시키고 나면 11시에 일어나는 시할머니와 시어머니 아침 식사를 차렸다. 온 가족 다 모이는 저녁까지 어린 내겐 고된 하루였다. 일이라고는 해본 적 없는 막둥이로 자란 나는 친정엄마를 도와드리지 못한 죄 값인 듯 여덟 식구 수발에 허덕이는 시집살이가 왜 이리도 졸리고 고단하던지 설거지 그릇을 찬장 밑에 숨겨두고 낮잠을 자기도 했다. 아마 그때는 뱃속에 아기가 그렇게 잠을 불렀다는 생각이 들었다.

남편은 시아버지와 함께 근무하는 건설회사에 다녔다. 시댁을 나온 터라 그 회사를 그만두라고 했지만, 시아버지는 남편을 회사에 계속 다니라고 했다. 당장 직장을 옮기는 것도 쉬운 일이 아니었기 때문이었다.

하나를 피하면 다른 불행이 기다리고 있다더니 남편은 본가를 떠나온 뒤 매일 술타령에 막차를 타고 집으로 돌아오는 날이 많았다. 결혼예물 선물로 해 준 시계마저 술집에 맡기고 다녔다. 방황인지 아니면 반항인 듯하였다.

늦게 귀가하는 날이면 나는 어린 딸아이를 업고 옥상에 올라가 자장가를 불렀다. 하얗고 커다란 달을 보며 눈물을 흘렸다. 산다는 것이 모두 다 허무했다. 등 뒤에 엎드린 아이도 아마 내 흐느낌을 알 것 같아 가슴이 아팠다.

가장 어려운 시기를 버티고 견디다 못해 혼자 시댁을 떠나겠다던 내게 부모님보다 나를 따라가겠다던 남편이 고마웠었다. 내가 시댁을 나오고 시부모 두 분이 별거로 딴 곳에 살게 되었다. 나는 더 고달픈 시집살이로 어린 딸을 업고 의왕이라는 아주 먼 동네로 시할머니와 시아버지 생일상을 차리러 가야 했다. 고등학교 다니는 시누이가 학교에 자주 결석을 해서 둘째를 가진 만삭인 올케는 시부모 대신 선생님을 만나러 가는 일도 잦았다.

시댁을 나온 지 2년이 되었다. 곗돈을 부어 아끼고 아껴 3백만 원이란 돈을 마련하게 되었다. 빠듯한 월급을 모으다 보니 가끔은 아기 우유 살 돈도 없었다. 때로는 맹물을 먹일까 생각하며 울고 있는 아기를 바라보았다. 어떠한 방법도 없는 고달픈 역경이었다. 그런 내게 친정 언니는 우유를 사주고 가는 구세주였다. 그렇게 알뜰히 방 한 칸을 마련하기 위해 모은 돈이 들어왔다. 작은 지하실 방 두 칸짜리라도 이사를 한다는 행복이 모든 걸 잊게 할 무렵 집 나가 살던 시어머니가 찾아왔다. 오갈 곳이 없는 시어머니를 모른 척할 수가 없었다. 나는 또다시 시어머니와 같은 집에 살게 되었다. 시어머니에게 방 한 칸을 내주는 꼴이 되었다. 시어머니와 한집에 살고 있는 시간이 힘들기 시작했다. 그런 시어머니에게 어느 날 나는 제안을 했다.

"애들 좀 봐 주세요. 제가 직장 나가 일이라도 할게요."

시어머니는 본인이 지금 애 볼 나이냐면서 들은 척도 하지 않았다.

늘 방 하나를 차지하고 가만히 계시는 젊은 시어머니가 싫었고, 같은 공간에서 함께 있는 시어머니가 불편하기도 했지만 넉넉하지 않은 살림을 돕고 싶다는 마음이 생겨서 지어낸 말이었다. 나는 사실 취직할 자리도 없었다. 내가 결혼하던 나이에 시어머니는 마흔다섯 살에 미모가 출중한 중년이었다.

그렇게 일 년이란 시간을 집에만 있던 시어머니는 아들 집에 사는 게 지겨웠는지 이사를 가겠다고 했다. 돈도 없는 시어머니였다. 차라리 아들집 전세방을 반으로 잘라 홍은동 변두리에 방 한 칸을 마련해 주기로 했다. 이참에 나도 먼 곳으로 이사를 가야겠다고 생각했다.

이사를 간 시어머니는 시아버지와 연락이 되어 다시 별거를 동거로 합치게 되었다. 세탁기가 없어 빨래를 손으로 한다는 소리에 세탁기를 사서 시댁을 방문했다. 시어머니는 가지고 있던 전셋집보증금을 빼서 작은 돈으로 의왕읍 지하실 방에 시아버지가 살 방 한 칸 마련해 두고 떠났었다. 그랬던 시어머니는 오갈 데가 없어 아들 집에서 일 년을 지내다 간신히 마련한 아들의 전셋집을 반으로 나눠갔다. 그러던 시어머니가 어느 날 시아버지와 재결합을 한다고 하니 분노가 치밀어 올랐다. 이런 환경을 보고 있는 나의 그 사람들의 생활이 싫었다. 누구의 아내도 며느리도 다 버리고 싶은 마음이 간절했다.

부동산 간판이 붙여진 방 한 칸. 떨어져 살던 시어른들은 화해를 했는지 안했는지 모를 냉랭함이 깔려 정리되지 않은 감정도 버리지 않은 것 같았다. 자기 고집이 제일인 시어머니를 무시하는 시아버지와 함께 다시 살겠다고 살림을 합친 시어머니가 불안스럽기까지 했다. 자식은 그저 두 사람이 함께 살고 있다는 것만도 다행이라는 생각이 들었다.

나는 시어머니와 헤어진 후 서울에 있는 면목동으로 이사를 했다. 방 한 칸짜리 전세를 얻었다. 그곳에서 열심히 노력한 탓인지 신도시가 들어서는 경기도 변두리에 작은 집 한 채를 분양받게 되었다. 시골스럽지만 조용하고 평화로 왔다. 생각보다 많은 세대수가 입주를 한 아파트였다. 아이들 초등학교 고학년으로 넘어갈 때 쯤, 시어른들은 내가 살고 있는 아파트로 이사를 왔다.

어느 날 전화벨이 울렸다. 시아버지는 남편이 오면 집으로 보내라는 말과 함께 전화를 끊어 버렸다. 남편에게 시아버지가 부른다고 하니 무슨 일이냐며 투덜대고 옆 동에 살고 있는 시아버지 집으로 걸어갔다. 왠지 불안하고 석연치 않은 시아버지의 목소리였다. 나는 남편 뒤를 따라 커다란 몽둥이를 들고 뒤따라갔다. 남편은 아무것도 모른 채 무심히 걸어가고 있었다.

아파트 현관문 틈으로 조근 조근 말소리가 들려왔다. 불같은 시아버지 성격을 아는 터라 무슨 일이 일어날 것 같았다. 사고가 발생하면 뛰어 들어가 들고 온 몽둥이라도 휘두를 일이 없기를 바라며. 계단에 불안하고 조바심 나는 마음으로 걸터앉았다. 한참을 지나서 남편이 문을 열고 나왔다. 나는 불안한 기색을 감추고 다급히 물었다.

시아버지가 부른 이유는 집 살 때 잠시 빌린 잔금이 늦어졌었다. 시아버지는 빌린 돈에 계산이 맞지 않는다며 솔직히 말하라고 하며 펄펄 끓는 물 주전자를 곁에 두고 협박을 했다는 남편의 입은 통해 들었다. 나는 기가 막혀서 온몸에서 열이 나기 시작했다. 시댁의 '싯' 자도 싫어 이리도 먼 경기도에 집을 샀건만 이곳까지 따라와서 시댁 행세를 하는 것에 미칠 지경이었다. 아들집 근처에 이사를 온다는 말 한마디 없이 전셋집을 봐 놓고 말 한마디 없이 옆 동으로 이사를 왔다.

그날 밤, 나는 술 한 병을 미친 듯이 마셨다. 그동안의 푸념으로 남편에게 난생 처음 술주정을 했다. 아마 시댁을 멀리

하고 싶었던 이유가 오늘 같은 날이 올 것 같아서 그랬는지도 모르겠다.

시댁이 우리 집 근처로 이사를 온 지도 일 년이 지나가고 있었다. 큰딸아이가 초등학교 전교 부회장이 되어 회의 차 학교에 다녀왔다. 현관문을 열고 들어서니 거실 소파에는 시아버지가 벌렁 누워 있었다. 지난밤 먹은 음식이 체했는지 밤새 앓은 터라 나는 그다지 좋은 기분은 아니었다.

"오셨어요?"

간신히 작은 목소리로 인사를 했다. 그리고 안방으로 들어가 누웠다. 남편도 함께 들어온 터라 아이들도 집에 모두 있는 저녁 무렵이었다. 기운이 없어 잠시 자리에 누웠다. 안방 문을 향해 무언지 모를 '쿵' 하는 소리와 함께 나뒹구는 병소리가 들렸다. 나와 남편은 깜짝 놀라서 방문을 확 열었다. 눈가에 살기가 가득한 시아버지가 벌떡 일어나서 남편을 바라보고 있었다. 아이들은 놀라한 한쪽 모퉁이에 서서 무서운 눈빛으로 어른들을 바라보고 있었다.

"무슨 일이세요?"

아들은 시아버지를 향해 물었다.

"무슨 일이냐고?"

"애비가 집에 와 있으면 밥은 먹었냐고 물어야 되는 거 아냐? 물어라도 봐야지!"

손주들이 보는 앞에서 아들을 때리려고 손을 번쩍 들었다.

"왜 이러세요? 제가 몸이 아파서 나갔다 이제 들어와 잠시 누워 있었어요."

나는 그렇게 시아버지를 향해 변명을 했다.

"왜 이러냐고, 넌 시애비가 안 보여?"

며느리라도 칠 기세를 보이자 아들이 나서서 소리를 질렀다. 그러자 시아버지는 현관문을 꽝 닫고는 어디론지 나가 버렸다. 옆 동에 살고 있는 시댁에는 시어머니가 있어 며느리인 내가 밥걱정을 할 일은 아니었다. 그러나 부부 관계가 그다지 좋지는 않았다. 시어머니와 말싸움을 하는 날이면 아들집 소파에 와서 누워 있었다. 밥 먹듯 그런 행동을 하는 시아버지가 싫었다. 그날은 몸 상태가 너무 안 좋아 식사 하셨냐는 소리조차 하지 못했다. 행패를 부리고 떠난 시아버지 행동에 불안한 마음이 들었다. 나는 남편에게 시어머니께 전화를 걸어보라고 했다. 시간이 조금 지난 후 현관 벨이 울렸다. 얼굴에 파릇파릇하게 멍이 든 얼굴로 문을 열고 들어서는 시어머니 얼굴을 보고 소스라치게 놀랐다. 놀라기보다는 측은한 생각이 들었다. 그런 시어머니 모습에 놀라서 가까이 달려갔다. 힘차게 문을 닫고 나간 시아버지는 집으로 가서 시어미니와 말싸움을 하다 시어머니를 폭행하고 또 어디론지 나가 버렸다. 성격이 난폭해 평생 폭행을 당하고 살았다는 이야기는 들었지만 오늘처럼 멍이 든 모습은 처음이었다.

저녁 무렵이 되고 밖으로 나갔다던 시아버지가 낫을 들고 우리 집으로 들어섰다. 그리고 힘껏 거실에 놓아둔 커다란 어항을 향에 내리 꽂았다.

"와장창!"

유리 파편이 튀었다.

순식간에 물바다 속 거실에는 눈을 시퍼렇게 뜬 금붕어가 버둥대며 난리를 쳤다. 아이들은 무서워서 소리를 질렀다. 시아버지 손에는 낫이 흔들리고 있었다. 거실 어항을 한 방에 부숴버린 것이다. 벽면에 걸려있는 아이들의 둥근 모자에도 낫 구멍이 뚫렸다. 무서웠다. 이런 광경을 고스란히 본 아이들은 겁에 질려 있었다. 지금 여기가 아들 집인지 시아버지 집인지 생각도 없이 욕설을 해댔다. 행패를 부리는 시아버지를 아들은 밖으로 밀어내 버렸다. 집안은 물바다가 되어 아파트 거실 틈을 타고 아래층 집으로 물이 흐르고 있었다.

어디서부터 이 상황을 수습할지 생각이 나지 않았다. 다칠까 싶어 아이들을 붙잡고 있던 나는 손을 놓았다. 이상한 예감이 들어 창문 밖으로 주차장에 세워진 남편 차에 시선을 고정시켰다. 소스라치게 놀라고 말았다. 승용차 앞 유리창의 파편들이 사방으로 흩어지고 커다란 구멍이 보란 듯이 블랙홀처럼 뚫려 있었다. 분이 덜 풀려 밖으로 나간 시아버지는 아들 승용차 유리마저도 힘껏 내려치고 가버렸다.

(고약한 노인네. 내가 뭘 그리 잘못했을까?)

나는 질퍽거리는 마룻바닥의 물을 수없이 닦아냈다. 그리고 눈물이 났다. 없는 집에 시집와서 열심히 살았을 뿐인데 내가 사는 곳까지 따라와서 왜 못살게 구는 것인지 도무지 이해가 가지 않았다. 시댁 어른들의 사이가 좋지 않다는 것도 알았지만, 살다 헤어져 다시 합치고 헤어지기를 반복해도 흉이란 생각보다 서로 맞지 않는 마음으로 여겼다. 그래도 나는 남편이 좋았고 착한 마음씨가 좋아서 결혼을 했다. 남편을 만난 과거가 물걸레질 속에서 떠올랐다.

고등학교를 졸업하고 남편과 2년이란 시간을 사귀다 결혼을 했다. 나는 결혼하면 어른들은 다 자기 집을 가지고 사는 줄만 알던 철부지였다. 막상 시집을 가려고 하니 시댁은 전셋집에 시할머니, 시누이, 시동생에 남편이 장남이란 것도 돌이킬 수 없는 후회 속에 자리를 잡았지만 어쩔 수 없었다.

나의 신혼은 방 두 칸짜리 전셋집에 온 시댁 식구가 살았다. 나는 시할머니와 같은 방에서 신혼생활을 시작했다. 아랫목에 시할머니가 누워 계신 신혼은 신혼이 아니었다. 그저 바스락 소리라도 날까봐 숨죽이는 밤을 보내는 날이 많았다.

그런 나는 시댁을 나올 수밖에 없던 날도 온 세상이 고요했다. 조용하고 적막하기까지 했다. 남편도 늦고, 시아버지도 상갓집에 들러온다는 소식이 있어 나는 내방에 팔베개를 하고 누웠다. 늦게 들어오는 시어머니를 기다리고 있었다. 시계는 저녁 9시를 가리키고 현관문 여는 소리와 함께 시어머니가 들어서는 소리가 들렸다. 불도 켜지 않은 방에 아기와 둘이 누워 있던 나는 벌떡 일어나 마루로 나가 보았다. 왠지 안 좋은 생

각이 뇌리를 스치는 바람처럼 서늘하게 지나가고 있었다. 시할머니는 옷을 벗고 있는 시어머니에게,

"밥 주랴?"

시할머니는 시어머니 등 뒤에 대고 말을 했다.

아니라는 듯이 손짓을 하는 것을 보고, 나는 '다녀오셨어요'라는 말도 꺼내지 못했다. 싸늘한 모습이 말조차 붙일 수가 없었다. 내 방으로 건너와 다시 누워서 퇴근이 늦은 남편을 생각했다.

(이 집에서 나는 며느리인데 왜 타인처럼 느껴지는 걸까?)

이런 저런 생각을 하고 있는데 갑자기 방문이 벌컥 열렸다.

"넌 어른이 들어왔으면 나와 봐야지, 코빼기도 안 보여?"

쌀쌀맞고 단호한 목소리가 들려왔다.

나는 올 것이 왔다는 단어가 가슴을 두근거리게 했다. 어둑한 방안에 불이 켜지고 반사적으로 몸을 일으켰다. 식사 안 한단 소리를 듣고 들어왔다고 변명을 했다. 다녀 오셨냐는 말은 하지 않았지만, 그때의 시어머니의 모습은 그런 말을 건넬 수 없을 만큼 차가운 분위기였기 때문이었다. 별다른 꼬투리를 잡을 수 없던 시어머니는

"이그, 우리 아들이 장가를 잘못 갔지."

화살 같은 말을 하고 방문을 나가려는 순간, 나는 쏜살같이 시어머니를 향해 내 말을 내리 꽂았다.

"어느 며느리를 얻으면 괜찮았을까요?"

방금 내 목에 걸려 있는 목걸이를 낚아채 버린 시어머니라

나는 대범하게 말대꾸를 했다. 나는 이런 소리를 들어야 할 이유가 없기 때문에 가슴 속에 숨겨둔 말을 나도 모르게 뱉어 냈다.

"뭐야?"

방문을 나가려던 시어머니는 획 뒤를 돌아 방안에 서있는 내 머리카락을 움켜쥐었다. 딸아기를 데리고 이 집에서 나가라고 했다. 순간 나는 생각에 잠겼다. 남자들이 없는 집에서 며느리인 나한테 이렇게 행패를 부리는 시어머니를 이십대의 힘으로 밀어 버리면 마룻바닥으로 뒹굴 것만 같았다. 손자며느리 머리채를 잡고 있는 시어머니를 향해 시할머니는 이게 무슨 짓이냐며 말리고 있었다. 나는 잡힌 머리를 숙인 채 잠시 생각에 잠겼다.

내가 시어머니를 밀어서 다치기라도 하면 잘했건, 잘못했건 내 책임으로 돌아오겠다 싶었다. 나는 잡힌 머리채를 가만히 두었다. 스물세 살 나는 지금의 어이없는 이 상황에 눈물이 나지 않았다.

아기를 데리고 친정으로 가라며 머리채를 놓은 시어머니를 보며 나는 친정으로 한 통의 전화를 걸었다. 전화를 받은 건 친정엄마가 아닌 친정아버지였다. 친정아버지는 늦은 밤에 걸려온 딸의 목소리가 이상했는지,

"무슨 일 있지?"

아버지는 다그쳐 물었다.

나는 눈물이 났다. 고부 갈등인지 시아버지에 대한 화풀이 상대가 내가 된 것 같기도 했다. 나는 목소리를 가다듬는다고 했지만 울고 있는 딸아이의 목소리에 화가 난 친정아버지에게 오늘 일어난 자초지종을 이야기하게 되었다. 전화를 받은 친정 식구들은 한걸음에 시댁으로 달려왔다. 거실 위로 신발도 벗지 않은 남자 신발 소리가 났다. 친정아버지는 나를 보자마자 얼굴을 향해 귀싸대기를 날렸다. 아프지도 않고 감각도 없었다.

"이놈의 집구석엔 남자 새끼들은 어딜 가고 기집년들이 난리야."

친정아버지의 분노 섞인 말투가 거실을 울렸다.

아기 두고 친정으로 가자고 난데없이 내 팔을 끌었다. 함께 온 친정엄마가 얘는 왜 때리냐며 내 팔을 잡았다. 이유가 무언지 얘기는 들어보고 가자는 친정엄마의 말에 늦는 남편과 시아버지를 기다리게 되었다.

얼마나 시간이 지났을까 술에 취해 뭐가 뭔지도 모른 채 집으로 들어선 남편이 놀라는 얼굴로 친정 부모님께 인사를 했다.

"어떻게 오셨어요?"

얼버무리듯 흐려지는 목소리 속에 친정엄마는 시어머니 들으라는 듯이 큰 소리로 말을 하였다.

"자네 부자로 살지는 못하지만, 행복하게 해준다고 내 딸 달라고 했지? 이게 행복이야?"

감히 우리도 한 번도 때리지 않고 키운 아이를 어딜 머리채를 잡느냐며 친정엄마는 소리를 치기 시작했다. 남편은 더 이상 아무것도 묻지 않았다. 시어머니 방으로 들어가 무릎을 꿇고 앉았다.

"우리 분가할게요."

남편은 시어머니를 향해 정중하게 말을 했다.

"내 눈에 흙이 들어가기 전에는 안 돼."

순간적으로 뒤를 돌아선 남편은 시어머니 화장대 유리를 향해 주먹을 날려 버렸다. 갑자기 일어난 상황에 온통 소란이 일기 시작했다. 밤 12시 자정을 가리키는 시계 소리가 근접해 갈 무렵 시아버지가 들어왔다.

친정 부모님이 기다리고 있다가 딸을 데리고 가야겠다는 말에 지금 상황을 만든 부인의 행동에 시아버지는 어처구니가 없는지 친정아버지에게 죄송하다는 말을 했다. 친정 식구들이 사돈집 뜰을 내려서기도 전에 시어머니를 향해 소리를 질러대는 욕설 섞인 시아버지 목소리가 밤하늘에 울려 퍼졌다.

친할아버지의 난동이 있고 학교를 다니던 아이들이 길에서 만나게 될 친할아버지가 무서워 학교에 가기 싫어했다. 나도 마찬가지였다. 부랴부랴 아파트 전세를 놓고 나는 수원으로 이사를 했다. 그 사이 나는 시댁과 연락을 하지 않았다. 간간이 남편을 통해 들려오는 근황으로 알고 있었지만 더는 알고 싶지도 않았다. 무슨 감정의 골이 남편에게 쌓인 건지 시아버지는 수원 어느 쪽으로 아들을 만나면 죽여 버리겠다고 찾아다닌다는 소리가 들려왔다. 그러거나 말거나 우린 우리대로의 시간에 바쁘게 살아가고 있었다. 일 년이 지날 무렵 시어머니로부터 소식이 전해 왔다.

고기를 좋아하고 시아버지 건강을 위해서 그렇게 애썼던 분이 췌장암이란 소식이 들렸다. 3개월 밖에 살지 못한다는 운명의 시간을 기다리며 누워있는 시아버지를 모른 척할 수 없어 다시 나는 병원을 찾았다.

아무 말도 하지 못했다. 바라보는 눈빛으로는 죽음을 앞둔 사람 같지 않았다. 미안하다고 하며 내 손을 잡았다. 내 머리채를 잡았던 시어머니도 죽음을 앞둔 시아버지도 친정에 깊은 사과를 한 탓에 지난날의 일들이 없었다는 듯이 잊어지고 있었다.

내일이 발인이었다. 마지막을 보내는 지금이 지나 온 과거보다 아플까? 가족들에게 지난날의 잘못한 모든 일들을 미안했다고 말하고 떠나면 좋겠다는 생각이 먹먹한 가슴을 메워가고 있었다.

가장 미워했던 사람이 가장 많이 운다고 했던가? 누런 베옷 안에 감싸이고 있는 미운 모습이 하늘을 날아간다. 홑겹에 싸여진 단 한 벌의 수의, 왜 이리 까칠해 보이는 건지 온몸 마디마다 묶고 있는 누런 천 때문인지 갑자기 몰려드는 섬뜩함 속에 정을 떼는 건지 무서웠다. 눈물 한 방울 나오지 않을 것 같았지만 시간이 흐르면서 감정의 변화가 일어났다. 갑자기 눈시울이 시큰하며 눈물이 났다. 울어도 그치지 않는 눈물은 무슨 의미인지 서글픔인지 후회인지 모르겠다. 평생을 함께 한 시어머니는 입관식에도 들어오지도 않았다. 내 마음과는 달리 왜 이리 이유 없는 눈물이 자꾸만 흐르는 건지 모르겠다. 중학생이 되어 있는 내 딸과 나는 주검 앞에 마지막 인사를 하는 우리가 너무나 시아버지를 미워하지 않았나 싶어 마음속 안녕을 전하고 있었다.

하얀 쌀밥 한 그릇도 준비했을 것 같은 시어머니 얼굴이 붉게 보였다. 국 한 그릇 담으러 간 사이 기다리지 못하고, 참지도 못한 시아버지는 태어난 생일날 뜨끈한 국물 한 수저 뜨지 못하고 찾아온 길로 돌아갔다. 홀로 떠나는 발길에 나는 미워했던 만큼 실컷 울었다. 그러나 얼마쯤 지나자 내가 무엇 때문에 울었는지 이상한 생각이 들었다. 마음은 우는 게 아닌데 순간의 감정에서 울었다는 것은 그 지나친 행위를 용서했기 때문은 아니었다는 생각이 들었다. 내 마음속에 진 응어리는 어쩌면 긴 시간이 흘러야 풀릴 것만 같았다.

오늘따라 달빛이 방안에 깊숙이 스며들고 있었다.

언덕길

택시는 대학병원 앞에 도착했다.

쉬지 않고 달려온 택시는 대학병원 로비에서 급히 멈추었다. 택시기사를 재촉한 탓에 3시간 만에 빨리 도착한 셈이었다.

택시 요금은 30만 원이었다. 성민은 얼른 지갑에서 카드를 꺼내 결제를 했다. 서울에서 대구까지의 요금이다. 택시에서 내린 성민은 부리나케 응급실로 뛰어 들어갔고, 응급실 앞에는 이미 아내가 앉아 있었다. 성민은 숨을 헐떡이며 아내 앞에 섰다.

"어머니는…?"

놀란 눈을 하며 성민은 급하게 물었다.

"도대체 당신은 뭐하는 사람이야?"

아내의 말에는 서슬이 퍼랬다. 그러면서 가늘게 떨리는 음성을 성민은 느낄 수 있었다.

"큰일 났어요!"

파르르 떨리는 음성에서 그는 어머니가 심각한 상태임을 알 수 있었다.

"… 왜?"

"휴대폰 전화기는 왜 꺼놓았지요?"

아내는 힐난하는 말투로 물어왔고, 아울러 어제저녁 집에 불이 나서 어머니가 병원에 입원했다는 말을 덧붙였다. 아내의 말을 듣는 순간 성민의 가슴은 성벽이 무너지듯 와르르 무너져 버리는 것 같았다.

광풍이 몰아쳤다. 벼락바람이 너무도 세게 불어와 옷깃을 감싸며 가까스로 그 바람을 막아냈다. 바람을 피해 뛰어갔다. 발걸음이 방해를 받을 정도였다. 그렇게 뛰어가다 돌부리에 걸려 넘어지며 아악 하고 소리를 질렀다. 꿈이었다. 그 통에 잠이 깨어 눈을 비볐다. 성민은 참 이상한 꿈이다 싶어 자신도 모르게 머리를 갸우뚱 꺾었다. 간밤에 꾼 꿈이 사나웠다. 눈을 비비고 습관처럼 휴대폰으로 손이 갔다.

꺼진 휴대폰을 열자 튀어나오듯 받은 연락은 어머니가 병원에 입원했다는 것이었다. 택시 안에서 급한 음성으로 전해들은 사고 원인은 그렇게 신신당부했던 가스레인지를 만지지 말라고 했지만 어머니가 불을 켠 것이 원인이었다. 생각할수록 마음이 조급해서 우선 어머니의 상태를 물어볼 수밖에 없었다. 그는 그저 한숨밖에 나오지 않아 숨을 몰아쉬며 대구 대학병원으로 달려온 것이었다.

(아이고, 참나… 이걸 어쩌지.)

성민은 혼잣말을 구시렁거리듯 어머니 걱정을 하면서도 또

다른 걱정에 가득 차 있었다.

그의 마음은 급히 서울에 올라간 것과 전화를 바로 받지 못했던 것을 어떻게 설명해야 하는가를 생각하고 있었지만, 또렷한 변명거리가 생각나지 않았다. 그저 이리저리 꿰맞추며 둘러댈 뿐이었다.

"어머니가 살 수는 있대?"

성민은 단호한 음성으로 어머니 상태에 대해 채근하듯 물었다.

"제가 어떻게 알아요."

아내의 시퍼렇게 독이 서린 말을 귓전에 흘리며 담당 의사를 만나러 성민은 자리를 떴다.

그의 머릿속은 실타래가 엉키듯 복잡했다. 어머니의 평소 건강상태도 문제였는데 이번 사고로 저리되어 답답함이 몰려왔고, 아내와의 관계도 매끄럽지 못해 갈등을 겪는 마당에 무엇 하나 쉽게 풀리지 않음에 그저 자신의 마음을 다스리기도 힘겨운 지경이 되었다.

성민의 어머니는 치매가 심했다. 물론 치매 증상도 여러 가지겠지만 성민 어머니는 소변을 화단에서 보기도 하고, 어린아이 같은 표정으로 히죽거리거나 아니면 괜스레 욕을 하는 행동을 했다. 또한 쪼그리고 앉아 방금 전 밥을 먹고도 밥을 주지 않는다며 배고프다고 떼를 쓰는 행동을 서슴지 않았다. 이에 사촌 형님 병찬은 성민에게 전화를 걸어 어머니 단도리를 잘하라고 일러주기도 했다. 성민은 이런 어머니의 행위를 보고 깊은 한숨을 내쉬며 어떻게 하다가 이 지경까지 됐나 싶어 그저 앞이 캄캄해질 뿐이었다.

성민이 술이라도 하고 오는 날이면 어머니는 아들을 향해 맥갈 없이 소리소리 질렀다. 가끔 이런 어머니가 안쓰러워 살면 얼마나 살 수 있을까 싶어 그래도 그저 잘해 드리고 싶었다. 어느 날은 평소 즐겨 먹던 고기를 사드리려고 시내 고깃집으로 모시고 가서 맘껏 맛있는 고기를 잡숫게 해드린 날이면 그럴 때는 어김없이 온몸에 똥칠을 하고 분변을 이불에 닦아 놓았다. 그런 어머니의 목욕시켜 드리고 성민은 새벽녘이 되어야 한숨 잘 뿐이었다.

이런 시간이 흐를수록 성민은 홧병이 생길 지경이었다. 미치지 않고 사는 성민이 이상할 정도였다. 어쨌거나 숨통이 막혀 아내와 성민은 사는 것이 아니라 흡사 자신들이 병자가 된 느낌이었다. 한마디로 죽을 맛이었다. 이대로는 도저히 온전한 가정이 될 수 없었다. 온전한 가정이 될 수 있다는 것은 기적이라 생각되었다.

결국 아내는 심한 스트레스가 원인이 되고, 그로 인해 불규칙한 식사와 함께 가끔씩 폭식을 하거나 굶는 생활을 하더니 홧병이 도져 위암수술을 받기도 했다. 이런 아내가 병원에 있다 집에 오면 무조건 어머니는 엉뚱한 상상을 해서 도둑년이라며 경찰서에 고소한다고 고래고래 소리 지르며 설치기도 했으니 성민으로서는 정말 감당하기 힘든 상황이었다.

생각하면 미칠 것 같은 이런 환경에 돌파구를 찾은 것이 미경이라는 여인을 알게 된 것이었다. 물론 꼭 어머니 탓만은 아니었으나 이런 상황은 아내에게서 받은 영향도 있었다.

어머니는 가끔 아내를 보고 성민이 바람을 피워 데리고 온 여자라고 욕을 하며 호통을 치는 어이없는 행동을 할 때도 있었다. 그땐 머릿속으로 성민은 슬며시 미경을 떠올리며 씁쓰름하게 입가에 미소를 지었다.

어머니가 이렇게 된 것은 20년 전부터 그 조짐이 보였다. 그러니까 아버지가 돌아가시고 고희를 넘긴 때부터였다. 어느새 구십이 된 어머니의 모습은 예전의 어머니가 아니었다. 남편과 아들만을 위해 헌신적으로 살던 그 어머니가 아닌 어머니로 변모한 것이었다. 이제는 섬뜩함을 안겨주는 그런 존재로 돌변했으니 가슴을 칠 일이었다. 성민이 잠을 자다가 느낌이 이상해서 눈을 떠보면 어머니는 성민의 목에 식칼을 들여대는 엉뚱하고 기가 막힌 행동도 서슴지 않았다. 노인으로 늙어가는 성민도 어머니를 모시고 살아가는 것이 그리 쉬운 일은 아니었다. 어머니에 대한 성민의 감정은 늘 어린 시절 아들이라고 감싸주고 귀여워해 주던 포근한 어머니라는 관념이 머릿속에 깊이 자리하고 있기에 절대적인 존재로 자리매김하고 있었다.

성민이 찾은 돌파구, 그건 새로운 여인 미경이었다. 그것은 성민에게 오아시스나 마찬가지였다. 목마름으로 사막을 걷듯 힘든 역경 속에서 그 목마름을 해소할 오아시스를 만날 때처럼 성민은 미경을 만났으니 그것은 성민에게 큰 희망이었고 버팀목이 아닐 수 없었다.

미경을 만난 것은 태양이 작열한 그런 여름이었다.

성민은 중요한 워크숍이 있어 서울에 올라왔다. 그때 안산에 계신 이모네 집에 가기 위해 버스에 올랐다. 어느 중년 여인 옆자리에 성민은 앉았다. 그녀는 곱게 나이 먹은 중년에 단정한 차림의 알맞은 모양새였다. 성민은 금세 그 여인에게 호감을 느끼지 않을 수 없었다. 그런데 요행이도 마침 빈자리를 찾아 앉은 것이 그녀 옆이었고 따라서 성민은 쾌재를 부르며 잘됐다 싶었다.

버스가 미끄러지듯 출발했다. 성민은 그녀에게 이런저런 말을 붙이며 대화의 물꼬가 트였다. 생각과 달리 그녀도 성민에게 호감을 느꼈음인지 처음 만난 사이가 아닌 듯 자연스럽게 대화가 오갔다. 어쩌면 그것은 미경 그녀도 은근히 바라고 있던 것인지도 몰랐다. 그러다 보니 둘의 대화는 점점 서로를 탐닉하는 일이 되고 말았다.

버스에서 내려 고맙다는 인사와 함께 성민은 명함을 내밀며 '혹, 대구 오시면 연락하세요' 하면서 헤어졌다.

그 후 성민은 그녀에게 새로운 인연이 되길 꾸준히 마음속으로 그리고 있었다. 전화에 신경을 쓰며 그녀의 소식을 기다렸다.

이런 성민의 막연한 기대는 생각보다도 빨리 그녀와 이루어졌다.

그녀, 미경으로부터 연락이 왔다.

"저 대구에 왔어요."

금속성으로 전해오는 낭랑한 그녀의 음성은 만남으로 이루어졌다.

그녀는 이혼 후 아이들과 떨어져 조그만 전셋집을 얻어 사는 여자였다. 여자 혼자 자립하여 산다는 것이 쉬운 일은 아니었다. 직장 또한 변변치 않은 조그만 회사에 근무하며 그럭저럭 살아가는 평범한 여자였다. 그녀와 사귀면서 성민은 그녀의 부족한 생활비를 자연스럽게 보조하게 되었고, 시간이 흐르면서 그녀는 그의 내연녀가 되고 말았다.

성민은 참 좋았다. 성민이 좋다고 느낀 것은 단순히 새로운 여자로부터 느끼는 감성적인 의미보다는 아내에게서 느낄 수 없었던 여성 고유의 감성과 함께 어머니에게 느꼈던 포근함을 맛볼 수 있기 때문이었다. 그녀는 신선함과 친구처럼 술친구도 되어주고 이런저런 잡다한 인생을 논할 수 있는 여자 같아 더욱 좋았다. 원했건 안 원했던 간에 이러다보니 성민으로서는 그녀에게 빠져들어 갈 수밖에 없었다. 아내는 중매결혼으로 애정 없이 시작된 사이였는데, 더구나 어머니 치매가 있은 후 더욱 멀어진 사이였으니 이제는 아내와의 사이는 애정 없이 함께한다는 것이 참으로 어려운 일이었다. 사람의 사이, 특히나 부부 사이는 견고한 바위처럼 보이지만 실상 실금이 가면 풍화작용으로 틈새가 벌어지면 결국 그 틈은 점점 벌어지듯 수습하기 힘든 상태가 된다는 것을 실감할 수 있었다. 어쩌면 성민은 아내와의 사이가 그런 경우 같았다.

그런데 미경은 아내와 달랐다.

미경은 성민의 모든 처지를 이해하고, 더구나 치매 어머니까지 모신다고 할 정도니 그녀에게 그 이상 바랄 것이 없어 보였다. 그래서 아내와 정리가 되면 조그만 섬에 들어가 새살림을 꾸리고 인생을 마음에 맞게 살자고까지 굳은 약속을 했다.

그것은 성민의 유토피아였다. 이제껏 아내와 살아온 세월, 그리고 그 속에서 어머니의 치매로 인한 효자 노릇을 하고 있는 아들을 보는 아내와의 불협화음, 그로 인해 방황하는 생활, 그 모든 것들을 치유할 수 있는 희망이 미경으로 인해 싹튼 것이었다. 성민은 그런 날이 속히 오길 미경과 함께 마음속으로 기원했다.

그날 급한 전화를 받지 못했던 것도 사실은 미경 때문이었다.

한 번씩 서울로 나들이를 나올 때면 복잡한 서울에서는 살지 못할 것 같다는 생각을 하며 대합실 근처 흡연실을 찾아 들어섰다. 신사복 바지주머니 속에서 가늘고 얇은 모양의 에쎄 체인지라고 적힌 담배 한 개 비를 꺼내 입에 물었다. 긴 시간 흡연에 대한 리코친 부족 현상으로 길게 가슴 안으로 담배 연기를 빨아들였다. 한 개 비의 담배가 다 타기도 전에 주머니 속에서 울려대는 진동 소리에 손가락에 끼고 있던 짤막한 담배를 바닥으로 그만 떨어트리고 말았다. 바지주머니 속에서 징징거리며 울려대는 무음의 휴대폰 속에서 발신자인 어머니가 확인되었다.

"어디야? 오고 있는 거지?"

어머니였다. 성민의 어머니는 수시로 전화를 걸고 있었다. 성민은 가고 있다는 말과 함께 공손한 말투로 어머니를 구슬리며 안심을 시켰다. 놀라서 떨어트린 담배꽁초를 주워 신경질적으로 쓰레기통에 집어 던지고 성민은 수서역에서 광명시로 향하는 택시에 올라탔다. 택시를 타고 가는 중에도 어머니의 전화는 계속 걸려왔다.

서울에 와서 하룻밤을 미경이와 보내겠다고 마음먹었기 때문에 10분이 멀다 하고 전화를 걸어오는 치매 걸린 어머니의 전화는 걸고도 잊어버린 듯 반복되어 야속했다.

이런 것을 보고 있던 미경이 성민의 휴대폰을 길게 눌러 전원 스위치를 꺼버렸다. '죄송해요. 우리끼리 보내는데 조금 그래요. 분위기가 이상해지잖아요' 살폿이 웃으며 말하는 그녀가 밉지 않았다.

화려하진 않아도 면바지 외출복 차림에 짧은 단발머리가 오늘따라 유난히 예뻐 보였다. 학창시절 참으로 예뻤던, 그래서 잠시 좋아했던 그 여학생이 미경이 같다는 생각이 들었다. 그런 성민의 감정은 그날 밤 그녀에 대한 충만한 사랑으로 뜨거운 밤을 보낼 수 있었다. 어쩌면 처음 여자를 품에 안을 때

같은 그런 기분이었고, 황홀감이 느껴졌다.

호텔방에서 눈을 뜨니 햇살은 커튼이 쳐진 창틈으로 비집고 들어왔다.

그러나 느닷없이 밀어닥친 악몽이 성민을 잠에서 깨웠다. 그 바람에 성민은 꺼졌던 휴대폰 스위치를 켰다. 그중에서도 유난히 많이 찍힌 번호는 어머니 전화번호였다. 뿐만 아니라 이웃집 삼겹살집 여사장의 전화도 다섯 번이나 찍혀 있었다. 뭔가 이상한 일이다 싶어 궁금증이 번개처럼 머릿속을 스쳤다.

(글쎄… 무슨 일이 있나?)

성민이 중얼거리자 미경은 어느새 다가와 그의 등짝을 쓸어내리며 무슨 일이 있느냐며 생그레 웃었다. 그녀는 아직도 간밤에 뜨거웠던 감정이 식지 않았던 모양이다.

순간, 성민은 불길한 예감에 휘말렸다.

분명 집에 변고가, 그건 어머니에게 무슨 일이 생겼다는 예감이 들었다. 이내 그는 자리를 수습하고 호텔을 나왔다. 그리고 삼겹살집 여사장에게 급히 전화를 걸었다.

"뭣꼬, 무슨 일 났습니까?"

"무슨 일이고말고 퍼뜩 내려 오이소."

그 여사장의 말은 어머니가 불을 내서 그 바람에 병원에 입원했다는 내용이었다.

"앗-차…!"

할 말을 잃은 채 성민은 잠시 걸음을 멈추고 놀란 가슴을 수습하기에 바빴다. 물론 어머니가 치매가 있다보니 늘 바늘 방석에 앉은 것처럼 조마조마 읊조리며 생활을 했지만 그예 이런 일이 벌어졌다는 것에 성민으로서는 낭떠러지로 떨어지는 기분이었다.

"어머니, 어떻게 그런 일을…."

성민은 한숨을 토해낼 뿐이었다. 그 한숨은 단순한 한숨이 아니라 현재의 생활에서 어떻게 벗어나고 어머니를 어떻게 해야 하는가, 그리고 아내와의 관계는 어떻게 정리해야 하는가 하는 여러 가지 문제에 대한 고민 그것이었다.

오랜 시간 병원에서 지낸 성민의 어머니는 의사의 말대로 다행히 화상은 그런대로 치료가 잘되었다.

병원에서 퇴원한 어머니는 성민을 곁에 두려고만 했다. 아내가 따로 살고 있어 어머니 곁을 지킬 수 없으니 사회생활을 하는 성민으로서는 진퇴양난이었다. 어쩔 수 없이 이렇게 생활하다 보니 지쳐가는 것은 성민이었다. 그도 환자가 되어가는 느낌이었다. 그렇지 않아도 당뇨가 있어 늘 당뇨약과 함께 지내는 그였다. 그러나 이런 그를 점점 어둠의 구렁텅이로 몰고 가는 상태였으나 성민은 큰 걱정을 하지 않았다.

그것은 희망이 있었기에 그런 것이었다.

인간으로 잔혹하다고 생각할 수 있겠으나 성민으로서는 하나의 큰 문제가 해결된 셈이었다. 생각지도 않게 아내가 위암

수술한 것이 다시 발병되어 이런 저런 치료를 받았으나 끝내 죽음을 맞이했기 때문이었다. 슬픔의 감정은 치밀었다고 해도 그것은 인간에 대한 연민의 정이지 사랑하는 사람에 대한 슬픔은 아닌 것 같았다. 연민의 정이 있다는 것은 그간 아내와 함께했던 세월의 두께가 만들어 준 것이었다. 하지만 어머니의 치매로 인한 성민과의 불협화음, 그리고 미경을 만난 감정 등은 아내의 죽음 앞에서 깊은 슬픔을 남기지 않았다.

어쩌면 아내 문제가 자연스럽게 정리 되었다는 일말의 해방감이 들기도 했다. 아이들은 꺼이꺼이 흐느꼈지만 성민은 아내의 죽음 앞에 그저 애도하는 숙연한 감정뿐이었다.

사람의 관계, 부부의 관계라는 것이 이별 이후에는 달라지는 것이라는 걸 성민은 깊이 깨달았다. 그리고 이혼이 아닌 사별이라는 것이 그나마 연민의 정이라도 남겼다는 생각이었다. 사람이 이기적이란 것이 이런 경우를 두고 하는 말 같기도 했다. 그러나 성민은 마음 한편으로는 아내에 대한 미안함이 자리하기도 했다.

성민의 아내가 죽고 한 해가 흘렀다. 치매 어머니를 모시고 조그만 섬을 찾아 이주해 보려고 이리저리 준비하는 마음은 즐겁기만 했다.

이렇듯 미경과 새로운 삶을 꿈꾸며 행복한 나날을 보냈다. 그런 가운데 그해 겨울이 지나고 사월의 봄 기운이 감돌았다. 이런 행복의 날을 시샘이라도 하는지 성민의 건강에 이상이 오기 시작했다. 유난히 헛구역질이 자주 나며 얼굴혈색이 다르고 피곤기를 감당하기 힘든 상태가 되었다. 도저히 버티기 힘들어 병원을 찾았다. 이런저런 검사를 마치고 그 결과를 보러 병원에 갔을 때 그는 앞이 캄캄했다.

"췌장암 맞습니다."

의사의 말이 흡사 사형선고처럼 들렸다. 그는 전신에 전율을 느끼며 병원을 나왔다.

(이제 어쩌란 말인가, 나의 인생이 이렇게 끝나는 것인가, 그럼 어머니는 어떻게 하고… 또한 미경과 꿈꾸던 찬란하고 아름다운 꿈은 어떻게 하고…)

얼마를 넋 나간 사람처럼 중얼거리며 걸었다.

이런 사실을 숨길까 하다가 미경에게는 사실대로 말을 했다. 미경은 얼굴색이 샛노랗게 변하며 놀랬다. 그러나 그녀는 성민을 위로하며 현대의학이 좋아져서 고칠 수 있다고 희망을 주었다.

"괜찮을 거예요. 한국 의료수준이 세계적이예요. 췌장암 정도는 얼마든지 고칠 수 있어요."

근심어린 얼굴을 하면서도 미경은 성민에게 희망의 끈을 잡고 있었다.

"아냐, 아무래도 늦은 것 같아."

절망의 눈빛으로 말한 성민의 음성은 약간 떨리고 있었다. 하지만 애써 그런 마음을 숨기려 했다. 그날 밤 두 사람은 부둥켜안고 울기도 하고 굳은 의지로 병마를 이겨내자는 결의를 다지는 등 새벽까지 마음을 이어갔다.

성민에게는 자신의 병보다 어머니의 상태가 더 염려되었다. 며칠 동안 밥을 먹는 둥 마는 둥 하며 곰곰이 생각을 굴리던 그는 치매에 걸린 어머니를 물끄러미 바라보기도 하고, 미경에게 기대는 마음으로 생활을 했다. 그러나 신통한 답이 나오질 않았다. 며칠을 해수병 환자처럼 끙끙대며 미경과 상의한 것이 혹시라도 성민이 잘못되면 어머니의 문제가 있고 미경이 혼자서 모신다는 것은 무리라고 생각이 되어 종당에는 어머니를 요양원에 보내야 한다는 결론을 내렸다.

요양원에 도착했다.

그는 어머니를 모시고 들어서며 무거운 발걸음을 옮겼다.

"입소자분의 모든 신상을 상세히 적어 주세요."

입소 신청서를 보며 성민은 괴로웠다. 이렇게 해야만 하나 싶은 생각에 가슴속에서는 갈등의 물결이 헹가래 치며 뒤틀어 놓았다.

요양시설 측에서 내민 서류에 성민은 자세히 내용을 메꾸어 나가기 시작했다. 모든 것을 기록한 후 맨 아래 부분에는 자신의 이름을 떨리는 손으로 적고 싸인을 했다.

"오늘부터 어르신은 2인실에 모십니다."

요양원 서류를 받아들은 사무장은 침대가 두 개 나란히 마주 보는 방을 가리키고 있었다. 넓은 창밖으로 보이는 정원에는 커다란 나무와 파라솔과 의자가 놓여있었다. 이곳저곳에 요양원에 있는 노인들이 햇빛을 쐬며 쉬고 있는 모습이 성민의 눈에 서글프게 들어왔다.

저들 모두가 가족과 헤어져 다가올 죽음을 기다리는 사람들이며 그런 상황 속에서 하루하루 살아간다는 것이 얼마나 처참한 것인가를 생각하니 성민의 마음이 저려왔다.

이곳이 소위 말하는 현대판 고려장이라는 생각이 들었고, 결국 자신도 어머니를 버린 불효자가 되었다는 생각이 성민의 가슴을 찌르고 있었다.

마음의 상처가 겹치다 보니 그의 췌장암은 더 빠르게 진행되었다. 그로부터 얼마 안 돼서 성민은 미경의 안타까운 눈빛과 꿈꾸던 생활을 멀리하고 병원에 입원하게 되었다.

미경은 성민의 어머니가 있는 요양원을 찾았다.

요양원에서는 성민의 어머니 상태가 심해졌다고 했다.

성민이 어머니를 요양원에 부탁한 후 아들 성민이 보이지 않자 성민의 어머니는 집으로 가야 한다며 요양원 밖으로 나가는 돌발행동을 하곤 했다. 요양원 측에서는 성민의 어머니를 퇴소시키고 싶어 보호자 요청을 하니 미경이 요양원으로 들린 것이었다. 미경은 그간 집에서 있었던 일들을 자세히 말해 주었다. 아내의 죽음도, 그리고 성민이 췌장암으로 치료를 받는 중이라 어쩔 수 없는 환경이라고 혹시 성민이 잘못되어도 어머니에게는 절대 비밀로 해달라는 부탁도 했다.

지금은 형편상 성민의 어머니를 모실 사람이 없으니 이곳 요양원에서 임종 때까지 모셔달라는 부탁 때문이었다. 아들이 아파서 돌봐줄 사람도 없으니 모든 요양비는 한꺼번에 완불하겠다고 성민의 말을 전했다. 성민도 얼마나 살 건지 모르기 때문이라고 절망에 가까운 말을 덧붙였다.

“살고 싶다. 죽음이 무섭다.”

성민은 병실에 누워 하얀 천장을 바라보며 생각에 잠겼다. 한때는 많은 돈을 벌어 잘 쓰고 화려한 삶에 묻히기도 했으나 어머니가 그리되고 나서부터 그런 것들이 하등 쓸모없는 것이라는 생각이 들었다. 병실에 누워 있으니 별의별 생각이 들었다. 희망의 끈을 잡기보다는 벼랑을 생각하는 것이었다. 또한, 어머니와 미경의 얼굴이 그들먹하게 그려지며 그와 더 많은 시간을 보낼 수 없음이 안타까웠다. 그러나 성민은 자꾸자꾸 수렁으로 빠져들어 가는 느낌이 들었다. 그리고 맑은 하늘로 올라가는 기분이 들며 스르르 눈을 감았다.

성민은 죽음의 깊은 바다 속으로 소리 없이 침몰 되어 가는 느낌을 안고 있었다. 잠시 후 이내 의사의 사망진단이 떨어졌다. 사망진단은 예견했던 일이지만 충격이었다. 미경은 잡은 손을 놓지 못하고 흐느꼈다. 캄캄한 동굴 속으로 이끌려 가는 것 같았다. 그리고 하늘이 무너져 자신에게 덮쳐오는 공포심에 빠져들어 갔다.

“나는 어떡하라고, 이러면 안 되잖아요.”

그 느낌은 절망에서 어쩔 수 없이 토하는 그녀의 푸념이었다.

처음 버스에서 그를 만난 순간부터 느꼈던 좋은 감정 그것이 발전되어 비록 내연녀가 되었지만 행복했었고, 그 후 그의 아내가 죽고 나서 부부의 관계로 발전되어 짧은 시간이었으나 참으로 행복하게 살았다. 하지만 그렇게 행복하다고 느끼며 살아온 그가 시어머니를 생각하고 모셨는데, 그 스트레스로 췌장암이라는 불청객을 맞아 죽음에 이르렀으니 그가 미우면서도 불쌍하다는 생각이 들었다.

결국, 이런 상황은 미경 자신에게 돌아온 불행한 일이 아닐 수 없었다. 얼마나 시어머니로 인한 스트레스가 심했으면 그로인해 암까지 걸렸는가를 생각하면 시어머니가 미워지기까지 했다.

슬픔은 끊이질 않고 계속되었다. 아무리 슬픔을 거두려고 입을 앙다물고 자신을 달랬지만 미경은 마음처럼 되질 않고 더욱 그 슬픔이 가슴 깊이 자리하는 것이었다.

슬픔을 가슴에 안고 장례식을 치렀다. 삼우제가 끝나고서야 그나마 슬픈 마음을 조금은 가라앉힐 수 있었다. 미경은 그가 죽고 서너 달이 흐르자, 그래도 치매 걸린 시어머니에게 아들의 죽음을 알릴 필요가 있다고 생각했다. 특별한 준비 없이 시어머니가 있는 요양원으로 갔다. 왠지 발걸음이 무거워짐을 느꼈다. 그것은 자신의 이런 결정이 잘한 것인지 못한 것인지 가늠이 되지 않기 때문이었다.

(아들이 죽었는데 알고는 있어야지.)

어쩌면 시어머니 때문에 아들이 죽었다는 일말의 복수심리가 작동한 것 같았다. 그것은 그토록 사랑한 사람의 죽음이 가져온 심리상태였다.

요양원의 분위기는 밝았다.

정원의 활짝 핀 목련이 대변하는 듯했다. 평소와 다름없이 요양원의 노인들이 이곳저곳에 흩어져서 제각기 살아온 삶은 반추라도 하듯이 시선을 시름없이 허공에 꽂고 있거나, 아니면 알 수 없는 미소를 머금고 멍하니 앉아 있었다.

(사람이 살다가 늙으면 저렇게 변하는 건가.)

그 노인들의 표정에서 미경 자신이 살아왔던 지난날에 대한 삶이 얼룩져 그늘진 부분이 가득 담겨 있었다.

이런 상태의 치매 노인을 두고 무슨 말을 한들 알아듣지 못할 것 같았다. 또한 그렇다 해도 아들이 죽었다는 말을 한다고 해도 이해할 수 없을 뿐더러 사실대로 알아들었다 해도 하등 소용없는 일이라는 생각이 들었다. 아니, 아들이 살아 있다고 생각하는 것이 시어머니에게는 그나마 정신적으로 행복할 수 있다는 생각이 들었다. 미경은 2인실 침대에서 낮잠을 자는 듯한 시어머니 곁으로 다가섰다.

"어머니 저 왔어요. 알아보시겠어요?"

미경은 멋쩍게 배시시 웃으며 시어머니에게 말을 건넸다.

"…너는 뭐하는 년이여? 왜 우리 아들은 어딨어, 엉!"

미경을 향해 대뜸 들이박듯 시어머니는 소리를 질렀다. 마치 아들을 훔쳐 가기라도 했다는 생각으로 하는 말 같았다.

"어머니, 어머니…."

미경은 놀라서 한 발자국 뒤로 물러섰다.

그녀, 미경은 이런저런 동문서답을 하는 시어머니와 아는 사람처럼 모르는 사람처럼 한동안 이야기를 나눴다.

결국 의도했던 아들의 죽음을 알려주지 못한 셈이다. 칠순 노인이 구순의 어머니를 등에 지고 사는 세월은 너무나 가혹한 시간 같아 성민의 인생이 불쌍하다는 생각이 들었다. 마음을 털지 못한 미경은 요양원을 나왔다.

'이제 나는 어디로 가야 하는가? 이혼 후 그 아픔을 달래기 위해 앞만 보고 열심히 살아오다가 성민을 만나서 못다 한 사랑을 완성시켜 행복을 꿈꾸었는데… 이제 그 꿈이 허물어진 나에게 갈 길은 어디인가.'

그녀는 중얼거리며 얼마를 걸었다. 확실히 사랑하는 사람의 죽음은 천만근도 더 되는 무게가 되어 누지르는 것은 느껴보지 않은 사람은 모를 일이었다. 그녀 자신도 이렇게 아픔이 클 줄은 상상도 못했던 것이다. 그러나 이제는 시린 가슴을 절실히 느끼며 그런 자신을 지탱하기 힘들어 했다. 순간순간 성민과 지냈던 일들이 생각나 미경은 가슴이 저려 숨이 막히는 것 같았다.

때마침 리어카에 폐지를 가득 싣고 언덕길을 힘겹게 올라가는 노인을 바라보던 미경은 흡사, 자신의 자화상을 바라보는 것 같아 씁쓸한 미소를 베어 물며 시울을 붉혔다.

노을

날씨가 차가워지니 거리는 더욱 한산해 보였다.

오늘따라 헬스장 안에는 갑자기 내려간 기온 때문인지 다른 날보다 많은 노인들로 북적거리고 있었다. 가지각색의 헬스복을 입은 노인들은 흡사 청춘을 되돌리고 싶은지 몸매를 드러낸 운동복을 갖춰 입고 각자의 건강을 과시하고 있었다.

손 여사도 방에 멍하니 누워서 뒹구는 것보다는 다리 운동이라도 하자는 마음에서 가벼운 차림으로 시설 헬스장으로 들어갔다. 다행히 빈자리가 있어 손 여사는 런닝머신 위로 올라섰다. 그녀가 작동한 컨베이어 벨트는 천천히 기계 소음을 내며 손 여사의 운동화 뒤축을 잡아당기기 시작했다. 검은색 고무벨트가 돌아가자 손 여사는 이내 중심을 잡고 자세를 바로 잡았다.

생각을 비우고 땀이라도 흠뻑 흘리면 기분이 좋을 것 같았다. 주말인 오늘도 엄마를 찾아오지 않는 작은딸 생각에 마음이 심란했다. 머리가 복잡해서 나왔지만, 손 여사를 따라온 근심은 끝없이 머릿속을 따라다녔다.

서너 달쯤, 손 여사를 찾아와 침대에 나란히 누워 엄마의 젖무덤을 만지작거리며 칭얼대던 딸의 모습은 어린아이 같았다. 딸의 행동은 사회생활로 몹시 지치고 피곤해 보였다. 결혼 적령기를 훌쩍 넘긴 나이지만 결혼할 생각은 아예 하지도 않았다. 정상적으로 혼인을 했다면 중학생 아이가 있을 법한 나이였다. 마지막으로 실버타운을 다녀가던 날 손 여사의 작은 딸은 고운 실크 스카프를 사 들고 와서 엄마의 목에 둘러주었다. 그리고 손 여사를 꼭 끌어안고 엄마 냄새가 좋다며 킁킁대고 늙은 엄마의 가슴속으로 파고들던 딸아이의 콧바람 소리가 지금도 그녀의 귓전에 들리는 것 같았다.

손 여사는 러닝머신 위를 걷고 있었지만 그의 보행은 느리게 움직이고 있었다. 그때, 손 여사 곁에서 그녀의 팔을 툭 치는 느낌이 들었다. 작은 키지만 반듯한 차림의 전창섭이 그녀 곁에서 빙그레 웃고 있었다. 손 여사는 화들짝 놀란 표정으로 남자를 힐긋 바라보았다.

"아고, 깜짝이야. 이 영감님은 귀신인가? 발걸음 소리도 없이 나타난 담."

손 여사는 그를 힐긋 쳐다본다고 했지만, 이내 무게 중심을 잃고 러닝머신 아래로 휘청이며 내려섰다. 손 여사가 넘어질 것 같자 전창섭은 손으로 살짝 그녀의 몸무게 중심을 앞으로 밀어주고 있었다.

"발창숙 여사님! 무슨 운동을 멍하니 머리로 하고 있소?"

전창섭 그는 손 여사를 발창숙이라 칭했다. 그건 스포츠댄스를 함께 배울 때 자주 발을 밟아서 그리 부른 별명이었다.

손 여사를 발창숙 여사라고 부르는 전창섭은 같은 실버타운에 거주하는 칠십을 갓 넘은 나이였지만 보이는 모양새로는 그다지 나이가 들어 보이지 않는 남자였다. 중심을 잡고 바로 선 손 여사는 전창섭을 향해 따지듯 물었다.

"전 선생님은 늘 저를 발창숙이라고 하는 이유가 뭡니까? 저는 발창숙이 아니고 손, 손, 손, 손창숙이라구요."

손 여사는 하던 운동도, 고민도 다 풀리지 않은 마음 때문인지 농담 삼아 던진 그의 말에 그녀의 화풀이를 전창섭이 다 뒤집어쓰고 있었다.

"하하하…."

놀리는 게 재미있었는지 그의 표정은 장난꾸러기 같았다.

"손 여사님, 그건 농담이고 우리 커피 한 잔합시다. 사람들 우글거리는 이곳 말고 조용한 찻집에서 내가 말실수 한 죄로 커피 살게요. 어때요? 갈래요?"

유혹치고는 싱겁고 유치했다.

그러나 무려한 시간을 보내러 가기는 좋은 시간이라는 생각이 들었다. 더욱이 딸 생각으로 머리를 싸매고 고민하느니 전화 한 통이 낫다는 생각으로 전창섭을 따라 헬스장 문을 나섰다.

전창섭이 입주하고 있는 실버타운 현관 벨이 울렸다. 인터폰 창으로 아들 내외의 모습이 화면 속에 비추고 있었다. 전창섭은 느닷없이 나타난 아들 내외가 달갑지 않았지만 현관문을 열어주었다.

그가 고층 높이를 선호함 때문인지 가장 높은 곳에 부부가 함께 거주할 수 있는 가구 형태의 큰 평수를 주거 공간으로 선택했다. 전창섭이 사는 주거 공간은 전망이 좋았다. 실버타운 가까이 대학병원이 있어 입주할 당시 거금의 보증금을 지불했다. 전창섭은 운영하던 기업을 정리하게 되었다. 평생 일만하고 살기는 싫었다. 최선을 다했으면 그도 나머지 시간은 편안히 쉬고 싶었다. 기업을 운영하고 키우는 일은 그리 쉬운 시간이 아니었다. 좌절을 딛고 일어서야 했고, 한 가족 같은 직원들의 생계를 책임질 의무를 다하기 위해 깊이 잠들지 못한 나날들이 많았다. 이제 더는 흘러가는 시간들을 허무하게 놓치고 싶지 않은 듯 결심을 굳힌 그가 신중히 결정한 일이었다.

자식들은 그가 운영하던 기업을 정리한다고 했을 때 급구 말렸지만 듣지 않았다. 매달 지불하는 실버타운 관리비는 평균 이상이었다. 그래도 그 돈이 아깝지 않은 건 일상생활이 최고급 조건으로 갖춰 있어 자식들 신세를 지지 않아도 되니 그로서는 마음이 편하다고 생각했다. 기업을 정리하고 남은 모든 자금은 자식들에게 한 푼도 상속해 주지 않았다.

그는 다음 일은 다음에 대해 생각해 보겠다는 그만의 계획이 있었기 때문이었다.

조금 전 전창섭의 아들이 아버지를 보러 오겠다고 전화를 걸어왔기 때문에 그도 외출하지 않고 아들을 기다리고 있었다. 전창섭은 거실문을 열어두고 소파에 앉아 아들이 들어오는 현관문 방향을 바라보고 있었다.

가을이 깊어가는 기운이 완연했다. 아들 내외가 입은 바바리코트로도 밖의 날씨를 예상할 수 있었다. 아들 내외는 거실로 들어서서 전창섭 맞은편 소파에 앉았다.

그는 아들을 향해 먼저 입을 열었다.

"회사일은 잘돼 가고 있지?"

전창섭은 안부 겸 운을 띄웠다.

회사일로 아버지를 만나러 올 위인들이 아닌 것도, 그는 알고 있는 눈치였다. 두 내외의 방문에 짐짓 전창섭은 그들의 속내를 알고 있는 말투 같았다. 말없이 아버지를 바라보던 아들은 굳게 다문 입술을 열며 아버지를 향해 뜨악한 표정을 지으며 질문을 했다.

"아버지, 재혼 하시려구요?"

전창섭은 아들의 말에 피식 웃었다.

"응, 좋은 할머니 나타나면 하지. 안 될 일도 없잖니?"

전창섭은 황혼 재혼을 운운하는 아들을 바라보며 내 인생 내가 산다는데 니들이 무슨 말 같지 않은 참견하는 거라는 말투였다.

"아버지, 어떤 할머닌데 이렇게 늦은 나이에 재혼을 생각하세요? 그 정도로 그분이 아버지 마음에 드시는 겁니까?"

"들고 안 들고는 내가 결정하는 거지. 내가 이 나이에 니네들 허락받을 일은 아니라고 생각한다."

전창섭의 말투는 단호했다. 그의 인생 문제를 왜 자식들이 참견하는지 아들을 향해 반문했으나 확실한 이유는 목울대 속으로 꿀꺽 삼킬 뿐이었다. 그런데, 이내 아들은 진짜 속내를 드러냈다.

"아버지, 그럼 이번에 유산 상속을 해주시는 게 어떨까 해서 들렸습니다."

"유산 상속이라…."

아마 전창섭의 숨겨둔 유산을 받고 싶어서 꺼낸 말투 같았다.

"그렇다면 변호사를 불러 유서를 작성하마. 지금은 아니고 내가 죽고 난 후에 너희들 앞으로 재산을 주는 거로 하자. 지금은 내가 너희들에게 당장 주고 싶지 않으니 서류상 작성은 하도록 하마."

전창섭은 모르는 척 유산에 대한 말은 꺼내지도 못하게 살벌한 눈빛을 보내고 아들을 돌려보냈다. 지금은 절대 주지 않을 거라는 그의 결심은 흐트러짐이 없어 보였다.

그러나 손 여사와 황혼 재결합을 해야 한다면 아들의 반대가 없는 것이 순탄하고 좋다고 생각했다. 나중에 누가 마지막 임종을 지켜줄 것인지도 전창섭으로서는 생각하지 않을 수 없는 일이었다.

전창섭이 손 여사를 마음에 두게 된 것은 그리 오랜 시간이 걸리지 않았다. 우연히 헬스장에서 그녀와 자주 마주치게 되고 어디를 가든지 그녀의 모습은 한 번씩 전창섭의 눈에 띄었다.

실버타운에는 많은 사람이 입주해 있었다. 각양각색의 내노라 하는 노인들은 건강도, 남아있는 인생도 헛되이 보내지 않겠다는 의지 때문인지 모두 환한 모습들로 생기가 넘쳐났다.

그러던 중 시설 입주자를 위한 스포츠댄스 강습이 있었다. 그날 그의 파트너가 바로 손 여사였다. 그곳에 모인 입주자들은 겉모습은 노년기로 들어섰지만, 마음만은 절대 노인이기를 받아들이지 않았다. 수강생으로 모인 노인들은 청년이며 소녀 같은 마음으로 들떠 있었다.

하나, 둘, 셋, 네엣 손 박수를 쳐가며 흥을 돋우는 강사의 목소리는 지르박 스텝과 트롯트 음악이 어우러져 커다란 강당으로 흥겹게 흘러나오고 있었다. 전창섭과 손 여사도 어설픈 손동작과 발동작을 배우며 한 템포 씩 몸을 움직였다. 오랜 세월 동안 율동이라고는 하지 않았던 탓인지 손 여사의 나긋나긋한 몸동작과 발 스텝은 생각대로 움직여지지 않았다. 전창섭의 손을 잡는 대신 그의 발을 자주 밟는 손 여사를 향해 그때 전창섭은 '발창숙' 여사라는 별명을 붙여준 것이었다.

그렇게 시설에서 마련한 프로그램이 끝날 때까지 함께 스포츠댄스를 배우게 되었고, 둘의 밀착된 호흡은 두 사람의 마음도 통하게 하였다. 두 사람은 부부는 아니었지만 늘 붙어 다니며 투덕거렸다. 슬금슬금 애매한 소리를 하는 전창섭으로 인해 한 번씩 말다툼을 할 때면 손 여사의 모습은 한동안 전창섭

눈앞에서 볼 수가 없었다.

아들이 돌아가고 한참을 소파에 앉아서 생각에 잠긴 전창섭은 아들이 손 여사와의 관계를 어찌 알게 되었는지 궁금해지기 시작했다.

실버타운 쪽으로 문의를 한 건지, 아니면 감시자를 섭외해 그들의 행동을 주시하는 사람을 붙인 것인지 도무지 알 수 없었다. 아니 어떤 여자와 산다고 해도 아들은 아버지의 인생을 좌지우지할 권한이 없다고 생각했다. 단지 전창섭 재산을 언제 유산으로 물려줄 건지가 그들에게는 그게 가장 큰 관심이었고, 언젠가는 그 유산을 주고 떠나면 된다고 생각했다. 단 전창섭이 죽는 날까지 쓰고 남으면 상속대로 자식들이 나눠서 쓰면 되는 거였다.

열심히 가르치고 최고의 대학을 졸업시켜 절반은 자식의 인생을 뒷받침했지만, 열 자식은 악처 하나만 못하다는 생각이 맞는 말 같았다. 아들들은 며느리의 남편일 뿐 전창섭 본인의 인생을 책임지라고 맡기고 싶지 않아 실버타운을 선택하게 된 동기였다.

두 달이 넘도록 손 여사와 연락이 닿지 않는 작은딸은 전화기 수신이 끊겨 있었다. 연분홍 스카프를 엄마 목에 돌돌 감아 살포시 묶어주던 그 애가 유난히 눈에 밟혔다. 혹시나 무슨 변고가 생긴 건 아닐까 걱정도 되었다. 작은딸에게 손 여사는 이곳 실버타운에 들어오며 보증금을 제외한 모든 재산을 그에게 위임하고 맡겼다.

매달 들어가는 관리비와 손 여사가 쓰는 용돈도 늘 작은딸이 보내왔다. 그러나 두어 달 전부터 관리비도 손 여사의 용돈도 들어오지 않았다. 서너 달만 밀려도 천만 원이란 액수가 넘는 실버타운은 그 정도의 능력이 가능한 사람들의 마지막 휴식공간으로 자리매김하면서 인기가 높은 곳이었다. 손 여사는 매일 근심을 했지만, 연락이 닿지 않았다.

그러던 차에 느닷없이 소식을 끊고 살았던 손 여사의 큰딸이 엄마를 찾아왔다. 손 여사가 큰딸 대신 작은딸에게 모든 재산을 위임한 일로 엄마와 큰딸은 사이가 나빠져서 소식조차 전하지 않고 살았다. 그랬던 큰딸 수영이가 찾아온 것이 반가워 손 여사는 미안한 마음에 큰딸의 손을 덥석 잡았다.

"어떻게 여길 다 오고… 미안하다, 수영아! 엄마 많이 원망했지?"

손 여사는 수영의 차가운 손을 비비며 소파 앞으로 그녀를 앉혔다.

손 여사도 큰딸 곁에 바짝 다가앉았다. 밖은 차가운 겨울바람이 불어오고 있었다. 실내온도는 여름인지 겨울인지 인식하지 못한 것처럼 실내온도 27도에 파란 불이 켜져 있었다.

손 여사는 서너 달째 얼굴을 보이지 않는 작은딸 소식이 궁금하다며 수영을 향해 넌지시 물어보았다. 그러나 수영의 반짝거리는 눈빛 속에서 큰딸 수영을 믿지 못한 엄마가 어리석었다는 눈빛이 역력했다. 그리고 수영은 손 여사를 향해 간단히 말을 꺼냈다.

"엄마! 이 실버타운에서 떠나야 할지도 몰라."

수영이 망설이다가 엄마에게 꺼낸 퉁명스러운 말투였다.

손 여사는 어리둥절한 표정으로 딸에게 되물었다.

"내가 이곳을 떠나야 한다고? 난 이곳에서 죽을 때까지 살려고 들어온 거야. 내가 왜 여기서 나가야 하는데 이유가 뭐야? 민영이한테 내 돈 많잖아…."

손 여사는 숨도 쉬지 않고 몇 년 만에 만난 큰딸 수영을 향해 따지듯 물었다. 그러나 석고처럼 굳어버린 큰딸은 손 여사의 흥분하는 모습을 바라볼 뿐 더 이상의 대답은 하지 않았다. '엄마가 그렇게 믿었던 작은딸이 엄마의 피 같은 돈을 어느 유부남 놈에게 사업자금으로 빌려주고 다 날려 먹었다고요' 이런 생각을 속으로 되뇔 뿐 수영의 입 밖으로 차마 뺏어낼 수 없는 소리였다. 그리고 그렇게 믿었던 손 여사, 당신 딸이 엄마의 큰돈을 빌려준 그 돈도 못 받고 사랑했던 그놈의 배신으로 목숨 줄을 끊어 버렸단 말도 차마 하지 못했다. 수영은 침을 삼켰다. 그리고 간략하게 맘속에 있던 말을 꺼냈다.

"이제 민영이는 이 세상에 없다고…."

그리 알라는 말을 귀띔해 주었다.

짧게 만난 부녀의 상봉은 30분도 되기 전에 손 여사에게 마음의 준비만 시키고 돌아가 버렸다. 그날부터 손 여사는 잠도 제대로 자지 못했다. 그녀의 전화기는 종일 꺼져 있었다.

옥양목 빛 하늘이 유난히 깨끗해 보였다. 마음은 하늘만큼 환하지 않았지만 전창섭은 어디든 떠나고 싶었다.

전창섭이 기업을 운영할 때 부리던 기사를 불렀다. 그리고 그가 아무도 모르게 돕고 있는 서울역 노숙자 무료급식소로 가자고 부탁을 했다. 점심시간이 임박한지라 허름한 차림의 사람들은 급식소 앞으로 긴 줄이 늘어서 있었다. 전창섭은 차에서 내려 배식을 위해 설치해 놓은 캐노피 천막 안으로 들어섰다. 사회 봉사활동을 하는 김 선생 손에는 국그릇이 들려 있었다. 전창섭과 눈이 마주치자 김 선생은 국그릇을 다른 사람에게 부탁하고 얼른 전창섭에게 달려와 인사를 했다.

"전화 연락도 없이 어쩐 일이세요."

반가운 표정 속에 환한 음성이 섞여 있었다.

"꼭 전화하고 와야 하는 거야? 잠시 나갈 일이 있어서 들려본 걸세."

"그러셨군요."

전창섭은 남의 눈에 띄지 않는 곳으로 먼저 걸어갔다. 그리고 그는 미리 준비해온 두둑한 흰 봉투를 김 선생에게 건네주었다. 봉사활동에 참여하지 못하는 미안한 마음을 물질로 돕는다는 것이 부끄럽다는 생각에 김 선생의 등을 어루만지고 돌아섰다.

전창섭이 김 선생을 만난 것도 부산 출장길에서였다. 부산역에서 서울역까지 옆 좌석에 앉은 사람이 김 선생이었다. 작은 체구지만 김 선생은 선하고 낯빛이 좋아 보였다. 그는 사십과 오십을 중간에 둔 나이처럼 보였다. 김 선생이 전창섭이 읽고 있는 신문을 얻어 읽다가 두 사람은 그때 서울까지 말동무하게 되었다.

이런 저런 일들을 묻고 대답하다 보니 김 선생이 하는 봉사활동을 알게 되었다. 쉽게 하지 못하는 좋은 일을 하는 김 선생을 전창섭이 적극적으로 돕기 시작하면서 둘의 사이는 10년이 넘게 친분을 쌓고 있었다. 그건 전창섭의 재산도 어쩌면 어려운 이웃을 위해 돕고 죽어야 한다고 생각했기 때문이었다.

김 선생을 만나고 나서 전창섭은 실버타운에서 나올 때보다 마음이 한결 밝아져 있었다.

그리고 오늘은 외곽으로 차를 몰아달라고 했다. 청평이나 북한강 쪽이면 좋겠다고 그곳으로 가자고 했다. 이유 없는 손 여사의 단절 때문에 요 며칠 그의 마음이 무거워 있었다. 그녀와 전화 통화가 두절되고 그는 안절부절 못했지만 직접적으로 찾아갈 용기가 나지 않았다. 늘 함께 맛있는 음식을 먹으러 다닐 때는 미식가가 따로 없었다. 손 여사와 시간만 나면 데이트를 즐겼다. 그러나 그로 인한 허전한 마음은 부재중에 더 간절하다고 느끼고 있었다. 그녀가 없는 동안 전창섭의 입맛은 소태를 씹는 것 같았다.

오늘은 입맛에 맞는 음식점을 찾아 어디든 가고 싶었다. 어느새 시내를 벗어난 승용차가 북한강 줄기를 따라 달리기 시작했다.

긴 세월에도 그다지 많이 변하지 않은 도로는 그 옛날처럼 여전히 아름다웠다. 눈을 돌린 차창으로 그의 학창시절이 스쳐갔다.

친구들과 바리바리 싸 온 배낭을 풀고 간현이라는 마을 강가에서 수많은 별들을 올려다보며 기타 소리에 맞춰 힘껏 목청 터지도록 불렀던 노래 가사가 전창섭의 귓가에 바짝 다가와 스치고 있었다. 좋은 시절이었다. 다시 돌아올 수 없는 시절. 그리움이 입가에 미소로 스쳐 갔다. 누군가를 기억하고 싶은 그 찰라 휴대폰 소리가 울렸다.

손 여사였다. 전창섭은 반가웠다. 그러나 부아가 나서 생각과 다르게 목소리 톤을 낮추었다.

"여보세요."

귀에 익은 음성이 들려왔다.

"요즘 어디가 아픈 거요? 통 볼 수가 없네요."

전화가 속에서 들려온 손 여사의 음성은 기운이 없었다.

"밖에 나가셨나요? 할 이야기가 있는데, 들어오시면 잠시 뵐 수 있을까요?"

그녀의 만남 제의에 전창섭은 외출 중이라고 했다.

그러나 속히 들어가서 전화를 다시 하겠노라 말하고 그녀와의 통화를 끊었다.

손 여사의 목소리를 듣고 난 안도감에 마음이 한결 가벼워지자 환한 얼굴빛이 감돌았다.

전창섭은 기사와 함께 북한강이 내려다보이는 고급스러운

레스토랑에서 음식을 주문했다. 손 여사의 전화를 받아서인지 소태처럼 쓰던 입맛도 정상으로 돌아온 것처럼 정갈한 음식은 살살 입안에서 녹아드는 기분이 들었다.

실버타운으로 돌아온 전창섭은 실버타운 로비에 차를 세우고 손 여사를 밖으로 불러냈다. 나이는 들었지만 정갈하고 깔끔한 코트에 연분홍 스카프를 두른 손 여사의 자태가 오늘따라 한결 돋보였다.

근처 조용한 찻집 앞에 승용차를 세워두고 손 여사와 함께 들어갔다. 시무룩한 모습으로 그녀는 웃지 않았다. 근심이 단단히 쌓여 있는 모습이었다.

"어디가 아픈 거요? 전화기를 왜 꺼두고 지냈어요."

전창섭은 그간 궁금했던 것을 물었다.

"아픈 게 아니고 생각할 게 많았어요."

"무슨 일인데요. 나한테 털어놓고 시원하게 얘기 좀 해봐요. 이것 참 속이 타서 며칠을 밥도 제대로 못 넘겼어요."

정말 그랬다. 전창섭의 마음은 손 여사와 두절된 시간 동안 본인의 마음이 얼마나 그녀를 향하고 있었는지 확연히 느낄 수 있었다.

"무슨 일이요? 내가 해결할 수 있다면 다 해결해 줄 테니 말해 봐요."

전창섭은 바짝 다가앉아 물었다.

"저, 실은 실버타운 나가야 될지도 몰라요. 내 전 재산을 모두 날린 것 같아요. 이젠 이곳 관리비 낼 돈도 지금은 없어요."

손 여사는 전창섭에게 큰딸이 다녀간 이야기와 작은딸이 날려버린 그의 전 재산 문제를 솔직히 털어놓았다. 그리고 숨길 것도 없는 작은딸의 죽음까지 털어놓고 눈가에는 이슬이 맺히고 있었다. 전 재산을 날려버려서가 아닌 듯 마지막 그 아이가 남기고 간 스카프를 어루만지며 두 손으로 얼굴을 가린 채 복받친 슬픔을 서럽게 토해냈다. 그녀의 나머지 인생도 걱정이 되었고 실버타운을 나가서 혼자 어찌 살아가야 될지도 걱정이 되었다.

가만히 손 여사의 얘기를 듣고 있던 전창섭은 손수건을 꺼내 그녀의 눈물을 닦아 주었다. 그리고 한마디 덧붙였다.

"손 여사! 인생은 혼자 왔다가 혼자 떠나는 겁니다. 그게 언제가 될지는 아무도 그 남은 시간을 모른다는 거지."

전창섭의 말 속에는 외로움이 묻어나는 엄숙한 말투가 숙연하게 들려왔다.

전창섭은 손 여사에게 위로 겸 앞으로 어떻게 살아야 한다는 것을 간접적으로 설명했다.

그는 손 여사의 손을 잡고 다시 입을 열었다. 전창섭 그가 하는 말을 잘 들어보고 성급하지 않게 생각해 보라는 말과 함께 그간, 손 여사를 만나며 좋아했던 그의 속내를 털어놓았다. 그건 다름 아닌 전창섭과 재혼해서 같은 집에서 가시버시로 나머지 여생을 함께 살자는 제안이었다.

손 여사도 이제는 혼자였다. 나머지 인생은 지금처럼 돈으로 누리고 살아갈 수 없는 신세가 되어버렸다. 전창섭이 그다지 싫지 않아서 다행이란 생각이 들었다. 전창섭이 사는 공간은 처음 입주 때부터 부부가 살만한 주거시설이라 손 여사와 함께 살아도 별문제가 없다는 얘기였다. 단지 손 여사가 마음을 결정하면 나머지 인생은 그가 모아둔 재산으로 그녀와 마지막을 이곳에서 여행이나 다니며 서로 의지하고 지내는 것이 둘만의 낙이 될 수 있다고 설득하고 있었다.

손 여사의 인생은 품위와 격조를 지키며 살고 싶었다. 그러나 이제 그녀의 남은 인생은 후회 없이 살고자 선택했던 실버타운에서의 희망도 깨지고, 지금은 선택의 길도 없이 한 남자가 같이 살자는 제안에 손 여사의 여생을 맡겨보고 싶었다. 지금 손 여사의 현실은 너무나 달라 있었다. 전창섭과 그동안 둘이 만나서 즐겁게 보낸 시간은 쓸데없이 거저 보낸 날들이 아니라는 생각이 들었다. 이런 저런 얘기로 밤이 깊었다. 둘은 짧게 말을 하려고 했지만, 시간은 훌쩍 자정을 넘기고 있었다. 나머지 끝맺음은 다음에 하기로 하고 각자의 집으로 돌아갔다.

손 여사를 만나고 난 후로 전창섭은 자식들의 권유대로 모든 일정을 진행하기 시작했다. 재혼문제와 그리고 아들들에게 함께 살게 될 손 여사의 이야기도 전달했다.

아들들은 상속을 미리 하라고 전창섭을 향해 무조건 협박하며 닦달하기 시작했다. 조금도 피가 섞이지 않은 손 여사에게 상속에 대한 재산권이 넘어가면 정말 아깝다는 생각이 들었기 때문이다. 혹시 전창섭이 세상을 먼저 뜨면 문제가 될 것은 불을 보듯 뻔한 사실이었다. 이번 기회에 그 많은 재산을 숨겨 둔 아버지의 은닉재산이 공개될 것 같아 마음이 한껏 부풀어 있었다.

아버지가 누구와 살던 그건 아버지 인생이라고 했으니 아들들을 괴롭힐 일은 없을 것 같았다. 전창섭의 재산은 바로 주지 않기로 하고 유언장은 변호사를 통해 진행하기로 했다.

드디어 변호사를 불렀다. 그 자리에 자식들은 물론 손 여사도 자리를 함께했다. 유언장은 충격적이었다. 아니, 가장 바람직한 유언장일지도 모른다. 그러나 기절할 정도의 충격을 받은 것은 아들 내외였다.

전창섭은 유언장을 이미 변호사와 상의했는지 변호사가 초안 작성을 해 왔다. 모두가 있는 자리에서 내용을 읽었다. 그리고 전창섭 본인의 유언장임을 확인하는 절차에 들어갔다. 내용을 요약하면 전창섭의 모든 재산은 본인 사후에 다음과 같이 처리한다는 것이었다.

"…전창섭의 모든 재산 일체는 사회에 환원한다."

그 내용을 확인하는 순간, 아들은 뒤통수를 맞은 사람처럼 비명에 가까운 소리를 질렀다.

"뭐! 어떻게 한다구요? 아버지!"

한여름 매미 떼가 우는 것처럼 떠들어 대는 자식들의 목소리가 시끄럽게 들려왔다. 무표정한 전창섭의 눈빛은 그들의 불만도 아랑곳하지 않고 그런 아들을 바라볼 뿐이었다.

전창섭의 생각은 처음부터 아들에게 유산 상속을 할 생각이 없었다. 당연히 사회를 통해서 번 돈이니 그는 그대로 사회에 돌려주고 싶을 뿐이었다. 자식들을 굶기지 않고 키웠으며 지원도 충분히 보상은 했다고 생각했다.

그가 다음 일은 다음에 생각하기로 접어둔 것을 조급히 유언장을 서두르게 한 것도 아들이었다.

돈은 누가 모았던 꼭 필요한 사람을 위해 써야 한다고 전창섭은 생각했다. 자신의 인생이 석양으로 물들어가는 처지였으므로 그가 마음을 비움으로 인해 그의 유산은 타인을 향한 온기를 불어넣는 거로 생각했다.

바꿔 말해 사회 환원이 가장 보람된 인생을 마감하는 것이라 굳게 믿었기 때문이다. 물론 그 밑바닥엔 아들 녀석의 커다란 탐욕이 미웠기 때문도 깔려있는 것은 속일 수 없는 사실이었다.

그의 붉은 꽃 노을 안으로 그보다 강렬한 푸른빛이 깊이 밀려들고 있었다.

타인의 땅

낡은 우편함 속으로 손을 집어넣었다.

텅 빈 우편함 바닥은 아무것도 잡히는 것이 없었다. 녹슨 우편함에서 부서져 내린 쇳가루가 손등 위로 떨어져 내렸다. 희선은 바지 위로 손등을 쓱쓱 닦아 내리며 이상하다는 듯이 고개를 갸우뚱거렸다.

"올 때가 지났는데 왜 이리 늦지."

희선은 혼잣말로 중얼거리며 현관을 열고 거실로 들어섰다. 그녀보다 먼저 온 희선과 동거중인 남자 조이가 소파에 앉아 손을 들어 보이며 살짝 웃고 있었다.

"언제 왔어? 그거 왜 안 오지? 내 영주권 말이야."

"때가 되면 오겠지. 좀 더 기다려 보자. 올 때도 되긴 했어."

조이는 의연하게 말하며 이내 텔레비전 속으로 시선을 돌려 버렸다. 퇴근하면서 우편함을 들여다본 희선은 오늘도 도착하지 않은 영주권이 못내 걱정스러웠다. 평상시 같으면 3개월이면 나온다고 했다. 그러나 그녀의 영주권은 8개월이 지나도 아직 도착하지 않았다. 이런 기다림의 미국 생활은 하루하루가 피곤이 쌓여가는 일이었다.

그녀는 2층 방으로 올라가 간단한 차림을 하고 조이 곁으로 다가왔다.

“내년에 대통령이 바뀌면 영주권 취득하기 힘들 텐데 왜 안 나올까?”

희선은 걱정스러운 말투로 조이를 바라보았다.

“나올 거야 걱정마. 너 영주권 나오면 한국에 다녀올 거니?”

조이는 무슨 의미인지 한국에 다녀올 거냐는 말을 힘주어 물었다.

“응, 꼭 갈 일은 아니지만 다녀오고 싶긴 하지. 내가 안 돌아올까 봐 걱정되니?”

희선은 장난기 섞인 말투로 조이를 바라보며 말했다. 그러나 예전 같지 않은 조이의 표정은 이상하게 불안해 보였다.

“야! 무슨 생각해?”

골똘히 생각에 빠져 있는 조이 곁을 지나며 그녀는 말을 건넸다.

“응, 뭐 좀 생각(think)하고 있어.”

“히히… 생각 중(thinking)도 아니고 띵크.”

희선은 조이를 향해 무슨 고민인지 말해 보라는 말과 함께 그녀는 허기진 배를 채우려고 부엌으로 걸음을 옮겼다.

희선은 조이와 초등학교 동창이었다. 조이를 알게 된 것은 인터넷에서 한참 친구 찾기 밴드가 활성화 되었을 무렵이다. 때문에 동창들 간에 소식이 전국을 뒤흔들고 있었다. 그로 인해 소식을 받은 건 희선에게 걸려온 전화였다. 조이라고 칭하는 태식이었다. 기억조차 가물거리는 어린 시절 친구가 생각날 리가 만무했다. 그러나 조이는 정확히 희선의 초등학교 시절을 기억하고 있었다.

비가 내린 날씨 탓인지 오전 열 시지만 희선은 잠자리에서 일어나지 않고 밍그적 거리다가 침대 위에 올려놓은 휴대폰을 찾아 시간을 보았다. 그때 휴대폰에서 '해외전화' 문구와 함께 휴대폰이 울렸다. 희선은 해외에서 올 만한 전화가 없다는 생각에 휴대폰을 받지 않았다. 또다시 벨이 울렸다.

"여보세요."

"…음, 나 누군지 알겠어?"

전화기로 들려오는 남자의 목소리는 조용하고 차분했다.

"누구신데요?"

"누구긴 누구야. 나 태식이야, 기억하겠어?"

"누구? 누구라고, 동창? 근데 왜 '해외전화'라고 뜨지?"

"응, 여긴 미국인데, 친구들이 네 전화번호 알려줘서 전화한 거야."

"그래… 난 니가 누군지 기억이 잘 안 나는데."

두 사람의 시작은 그렇게 연결이 되었다. 희선은 동창 태식이가 기억나지 않아 초등학교 앨범을 찾아보고서야 겨우 기억해 냈다.

지금 조이와 희선이 함께 지내고 있는 미국 생활도 어쩌면 조이의 전화로 인해서 연결된 것인지도 모른다. 그로부터 두 사람은 가끔씩 통화를 하며 지냈다. 조이는 그다지 경제력이 많은 것 같지는 않았으나, 그저 마음은 나쁜 친구로는 생각되지 않았다.

어느 날 조이가 근무하는 미국 사무실에서 취업 영주권 초청을 하는 기회가 있어 오겠냐는 제안이 왔다. 그녀는 타국을 경험할 수 있다는 생각이 들면서 막연한 설렘이 앞섰다. 사실 희선은 혼자 살고 있었다. 아이들도 다 결혼을 했고, 남편은 병환으로 먼저 세상을 떠났다. 희선은 한국에서 혼자 살기보다는 새로운 나라를 구경하고 싶다는 생각이 들기 시작했다. 분명 조이 때문은 아니었다. 미국에는 친정 조카들도 목사와 간호사를 하며 잘살고 있었다. 그러니 혼자가 아니라는 생각에 한 번 가볼만 하다는 생각이 들었다. 더구나 조이의 조건은 좋았다. 일단 입국하고 나면 취업 영주권을 받을 수 있는 기회를 주겠다는 것이었다. 회사 근무경력이 있는 희선에게는 컴퓨터로 일하는 거라면 얼마든지 할 수 있다는 자신이 들었고, 중년의 탈출기라는 생각도 들었다.

아침 일찍 희선의 집으로 현대해운 탑차가 도착했다. 미국으로 떠나는 짐을 포장하기 위해서였다. 밖에는 봄을 불러들이는 보슬비가 내렸다. 2월을 맞는 봄비였다. 희선은 모든 짐들을 분산시켜 버렸다. 꼭 가져가야 할 것들만 거실에 남겨두었다. 그리고 지금껏 살면서 지녀온 과거의 물건들을 하나씩 쓰레기더미 속으로 던져버렸다. 희선이 가지고 있던 차와 집 문제도 모두 마무리가 되었다.

지금은 서류조차 준비되지 않아 간단히 몸만 떠나기로 정했다. 남겨두고 싶은 물건들이 많았다. 그러나 두고 간다는 것도 짐스러웠다. 돈만 있다면 다시 살 수 있을 거라는 생각이었다. 희선은 조이의 초대로 이미 미국을 한번 다녀온 터라 떠나는 것이 두렵지는 않았다. 샌프란시스코는 그녀도 살아보고 싶었던 도시였다. 그렇게 모든 것을 준비하는 데는 서너 달이 걸렸다. 생각보다는 정리하고 처리해야 할 일들이 많았다. 그래도 속전속결로 처리를 했다. 여름날 시작한 준비는 겨울이 되어 끝이 났다. 희선의 아이들은 언제든 싫으면 망설이지 말고 한국으로 돌아와야 한다는 말을 잊지 않았다. 그런 가운데 희선이 떠날 날짜도 서서히 다가오고 있었다.

하룻밤을 꼬박 비행기 속에서 보낸 다음날 미국 도착 안내 방송이 들렸다. 비행기 창공에서 내려다본 낮은 건물들은 바둑판 위에 올려놓은 건축물 같았다. 오후 2시를 넘고 있었다. 희선은 열한 시간의 비행을 끝내고 입국 심사장을 향해 걸어갔다.

입국 심사는 처음 미국에 들어오는 사람과 다른 선으로 희선을 안내했다. 두 번째는 달랐다. 먼저 기계에 얼굴 사진을 찍고 인식을 했다. 만약 엑스표가 나오면 문제 발생이라 심각했다. 입국심사관 앞에 서자 긴장이 되었다. 그는 어느 곳에 묵을 것인지, 그리고 어느 곳을 여행할 것인지를 물었다. 돈은 얼마 정도 가지고 왔는지도 물었다. 입국심사관 질문에 미국을 한번 다녀간 희선의 입국심사 영어는 대답하기에 그리 힘들지 않았다. 날카롭고 예민하게 생긴 심사관은 희선의 얼굴 표정을 세심히 살피는 듯하며 호락호락하게 여권에 체류 기간 3개월이란 스탬프 도장을 찍어주지 않았다. 서류에 문제가 생긴 것처럼 열심히 여권을 들여다보았다. 그리고도 한동안 시간을 끌다 싱긋 웃으며 '오케이 굿'하고 희선의 여권에 도장을 찍은 후 내밀었다. 그녀는 '땡큐'라는 어설픈 인사를 하고 안도의 숨을 몰아쉬었다. 여행자의 최대 금액 만 달러를 가방 속에 가져왔기 때문이었다. 그리고 그녀가 소중히 간직한 귀중품과 여행 가방 속에는 꼭 챙겨야 할 서류 서너 장을 가방 깊숙이 집어넣고 왔다. 조이의 조언이었다.

미국은 여행자에게 너무 많은 돈은 허락하지 않았다. 그건 희선이 여행자 신분으로 미국을 입국했기 때문이었다. 무슨 일이든 잘못되면 한국으로 다시 돌아갈 비행기로 출국이 정해진다고 했다.

다행히 이런 저런 문제없이 희선은 입국 심사장에서 통과되었다. 긴장한 탓인지는 몰라도 그녀는 캘리포니아 날씨에 현기증이 나고 덥다고 느껴졌다. 그렇게 공항 로비에서 만난 조이를 따라 둘은 시내 근처로 이동을 했다. 희선은 한 번 다녀간 경험이 있어 그다지 낯선 나라 같지 않았다.

샌프란시스코는 항구도시였다. 금문교 위로 안개가 자욱하게 다리를 덮을 때면 환상의 섬은 신비하도록 아름다웠다. 샌프란시스코 공항에서 시내는 한 시간 가량도 되지 않았다. 그녀는 조이가 미리 준비해 놓은 알라모 주택 안으로 들어갔다. 한 장의 그림을 보는 것 같은 아담한 집이었다. 텅 빈 공간은 휑한 울림으로 다가왔다. 거실을 지나 2층으로 방이 있는 집이었다. 조이의 친구들과 계단마다 그녀를 향한 환영의 꽃들을 꽂아 두었다. 희선은 자신도 모르게 피식하고 알 수 없는 웃음이 터졌다. 어쩌면 잘 도착한 안도감 같은 것이었다.

똑같은 구조의 목조건물은 한 가구씩 분리되어 붙어있었다. 튼튼한 한국 콘크리트 건물과는 달랐지만 목조 건축물 주택은 지진으로 인한 방법이라고 했다. 희선이 미국에 들어오고 얼마 안 돼서 한국에서 보낸 짐들이 도착했다. 희선이 주문한 새 침대와 소파도 새것으로 배달되었다. 노후는 미국에서 새롭게 출발하고 싶은 희망이 부풀어 올랐다.

조이는 이민을 온 지 30년이 넘은 미국 시민권자였다. 그는 시민권자가 되면서 조태식이라는 이름을 '조이 조' 라고 바꿔 부르고 있었다. 조이의 아내는 갑자기 뇌졸중으로 쓰러져 모든 장기를 미국에 기증했다고 했다. 그래서 오래전부터 혼자 지내며 조이 또한 자기 밥벌이는 할 수 있는 기술을 가진 친구였다. 미국은 다들 그랬다. 기술이 있다면 어렵지 않을 거라는 확신들이 있는 사람들처럼 희선에게 조이는 한국인이 경영하는 사무실에 근무하면 비즈니스 영주권을 만들어 주겠다고 했었다. 그 영주권을 만들어 줄 경영자 스폰서는 조이의 사촌이었다. 희선은 그를 믿고 따라 보기로 했다.

벌써 희선이 미국에 들어온 지 한 달이 지났고, 시간은 너무나 빨리 흘러갔다. 희선은 미국에 살고 있는 조카들도 만났다. 조카들은 희선의 미국 입국을 너무나 좋아했지만 한국하고 환경이 달라서 고모가 적응을 잘할지 걱정하는 마음이었다.

조이를 아는 지인들에게 그녀는 날마다 저녁 식사 대접을 받고 있었다. 희선은 왜 그들이 저녁밥을 사는지조차 의심하지 않았다. 단지 한국에서 왔다는 이유로라면, 그들의 태도가 너무나 융숭하다는 생각이 들어 고맙기만 했다. 조이가 무슨 말을 했는지는 그녀도 알 수 없었지만 묻지 않았다. 뒤늦게 안 일이지만 조이는 희선을 아내감으로 보이게 하기 위함이었다.

비즈니스 영주권은 쉽게 나오지 않았다. 서류 철차도 복잡하게 꼬여 가고 그녀의 생각과 달리 돈은 돈대로 들어가고 있었지만 진전이 없었다. 3개월 안에 만들어지지 않으면 희선은 불법체류자가 된다는 생각에 마음이 불안해지기 시작했다. 그녀는 한국으로 돌아갈 수 없는 입장이었다. 이미 한국에 있는 모든 것들을 처분하고 들어온 터라 돌아간다는 것은 더욱 우스운 일이 아닐 수 없었다. 어떻게 하든 영주권이 나와야 희선은 취업도 하고 미국에서 살 수 있다는 생각에 잠을 이루지 못하는 날이 많았다.

그런 희선을 데리고 조이는 샌프란시스코 중심가인 블루밍데일 쇼핑센터 쪽으로 승용차를 몰았다. 그녀는 여기저기 낯선 거리를 눈으로 익히고 있었다. 이름 모를 예술가들이 그려

놓은 화려한 벽화가 눈으로 들어왔다. 그날도 시내 중심가는 변화무쌍한 날씨 탓에 안개가 자욱하게 깔려 있었다. 이유 없이 소리를 지르며 배회하는 노숙자의 틈을 지나 희선은 조이를 따라 차이나타운 근처 7층 건물 안으로 들어갔다. 그곳은 조이가 일을 하고 있는 보석상 공방이었다. J쥬얼리 사장은 조이의 사촌이었다. 그는 보석 매장을 운영하고 있었다. 조이도 사촌이 운영하는 공방 직원이었고 그곳에는 한국에서 내노라 하는 기술을 가진 사람들이 보석 수공 일을 하고 있었다.

공방 안으로 들어서는 조이와 희선을 향해 반갑다는 인사를 했다. 조이의 여자 친구가 한국에서 왔다는 소식에 환영의 인사는 진심이 담겨 있었다.

"어서 오세요, 잘 지내고 계셨죠."

조이의 사촌은 겸연쩍어 하는 말투를 던지며 희선을 바라보았다.

"처음 뵙겠습니다."

희선은 공손한 말투로 조이 사촌을 향해 고개를 숙였다.

"제가 서둘러 서류를 진행 중인데 뭐가 그리 복잡한지 잘 안 되네요. 요즘 비즈니스 영주권 나오기가 하늘의 별 따기라 너무 어려워서 자꾸 늦어지네요. 혼자 집에 있기 힘들죠?"

조이의 사촌인 정 사장은 점잖은 말투로 희선을 향해 변명의 말들을 늘어놓았다.

"희선 씨! 어차피 미국 온 김에 차라리 조이랑 혼인신고나 해요. 그럼 영주권이 가장 빨리 나올 걸요."

느닷없이 뱉어낸 조이 사촌의 말이었다.

희선은 조이 사촌의 말에 얼굴이 붉게 달아올랐다. 그리고 아무런 대꾸도 하지 않았다.

사장인 조이 사촌은 희선에게 공방 사무실에 나와 컴퓨터로 서류 일을 도와주면 용돈 정도는 줄 수 있다는 제안을 했다. 비즈니스 영주권이 나오기 전까지 그가 희선에게 베푸는 호의였지만 그다지 기분은 좋지 않았다. 미국 와서 처음으로 만난 조이 사촌의 제안은 희선의 마음을 거슬리게 했다.

공방을 다녀와 조이는 희선에게 한 가지 의견을 내놓았다. 그녀를 미국으로 불러들인 것이 본인 책임이라며 조이는 희선을 사촌의 말대로 서류상 혼인을 설득했다. 조이는 희선이 영주권을 빨리 받지 못하자, 조이와 서류상 혼인신고를 하면 영주권이 가장 빨리 나와 불법체류자 신분은 아니라는 것이었다.

희선은 한참 동안 고민을 했다. 그러나 지금 상황에서는 그것이 가장 최선의 방법이라는 생각이 들었다. 며칠을 고민하고 난 희선은 조이와 한국 법무사를 통해 혼인신고 서류접수를 하고 돌아왔다. 라스베거스에서 가져온 혼인서류가 통과되자 희선은 서류상 조이와 법적 부부가 되는 과정이 진행되었다.

서류 심사 기간이 한 달이 지나자 그녀에게 1년짜리 임시 신분증이 발급되었다. 희선의 반명함판 사진이 들어간 신분증은 한국의 주민등록증과 비슷했다. 시간은 벌써 희선이 미국에 온 기간도 5개월을 지나고 있었다. 조이와는 혼인을 할 마음도 없이 비즈니스 영주권을 받을 생각이었지만 까다로운 서류 절차로 심사 받기가 어려워지자, 결국 3개월 체류 기간이 지나자 희선을 불법체류자가 되었다.

희선은 이 모든 것이 조이의 계략 같았다. 미국 생활에 도움을 주는 친구라면 조이와 함께 살아갈 마음도 있었지만 아직은 희선의 마음에 조이가 그다지 썩 들어오지 않았다. 복잡한 한국이 싫어서 구경삼아 살아보겠다고 온 미국은 살고 싶을 만큼 좋다고 느끼지 못했다. 젊은 나이도 아닌데 아침저녁으로 영어 공부를 하기도 쉽지 않았고, 모든 강박관념 때문인지 희선은 가끔씩 머릿속이 깜깜해지며 현기증이 일어나기도 했다.

영주권이 나와야 운전면허증을 받을 수 있는 조건을 주기 때문에 그녀는 운전도 할 수 없었다. 그런 조이를 따라 희선은 공방으로 출근을 해서 쥬얼리 일을 익혀가고 있었다. 야무진 성격 탓에 그녀는 금방 모든 프로그램 속으로 적응하기 시작했다. 정 사장도 희선을 잘 가르쳐서 쥬얼리 매니저로 써야겠다는 생각이었다.

값비싼 보석을 가져오는 심부름조차 희선을 믿고 주저 없이 시키곤 했다. 그런 희선을 향해 조이의 아내감으로 한국에서 들어왔다는 소문이 한인들 사이에서 돌고 있었다. 그녀는 그곳에 오래 거주한 사람처럼 활발하고 적응력이 좋았다.

그런 조이의 사촌 정 사장은 한 가지만 문제가 발생하면 별것 아닌데도 희선을 불러 심하게 야단을 쳤다. 사실 야단을 맞을 사람들은 조이나 그외 사람이었지만, 그녀가 혹시라도 조이의 아내가 된다면 조이를 무시하지 말라는 훈계 차원을 넘어서 강도가 세다는 생각이 들었다. 희선은 그런 일로 인해 자존심이 상해 미국에 온 것을 후회하기 시작했다.

캘리포니아의 날씨는 낮에는 쾌적했지만 밤이 되면 몹시 추웠다. 그날 희선이 살고 있는 거실에는 테이블 탁자가 반쯤 뒤집혀 있었다. 여기저기 흩어진 물건들은 난장판이 따로 없었다. 희선은 널브러진 가재도구를 치우지 않았다. 그건 어젯밤 조이의 술주정으로 벌어진 거실을 적나라하게 보여주는 꼴이었다. 아무 일도 없는 척 잠에서 깨어난 조이는 어제의 일을 기억하지 못하는 표정이었다. 가방을 싸는 희선을 향해 어디를 가느냐고 태연스럽게 묻고는 아래층 거실을 향해 걸어갔다. 희선은 아무런 대답도 하지 않았다. 너무나 태연한 그가 기억상실자 같았다. 물이라도 먹을 참인지 거실로 내려간 조이의 음성은 커다란 소리로 위층을 향해 들려 왔지만 희선의 귀는 아무 소리도 듣고 싶지 않았다.

"어! 이거 왜 이래, 희선아! 여기 거실 왜 이런 거야? 누가 이렇게 거실을 난장판으로 만들었어. 희선아! 이리 와봐."

조이의 다급한 목소리가 들려왔지만 조이의 말투조차도 가식의 민낯을 보는 것 같았다.

어젯밤 조이는 집으로 술을 사들고 들어왔다. 평소에는 술을 잘 마시지 않았다. 희선이 부탁을 하고부터는 자제를 하는

편이었다. 가끔 술을 마시고 말실수를 하는 조이를 그녀는 싫어했다.

오늘은 기분이 그다지 좋아 보이지 않는 조이가 마켓 봉투에 맥주를 잔뜩 사 들고 왔다. 무슨 술을 이리 많이 사 왔냐는 말을 하며 그녀는 조이를 위해 간단한 상차림을 준비해 주었다. 그날은 희선에게 술의 힘을 빌려 하고 싶은 말이 많은 사람 같았다. 조이는 혼자 열심히 맥주를 마시더니 기어코 희선에게 쓸데없는 시비를 걸기 시작했다. 그날 밤 희선은 조이의 행동을 지켜보고 있었다.

아침 일찍 희선은 공항 가방을 열었다. 한국으로 가져갈 물건들을 넣었다. 그리고 여행사에 전화를 걸어서 가장 빠른 날짜의 한국행 비행기 표를 예약했다. 12월 24일 새벽 6시 도착, 비즈니스석 편도 비행기 표였다. 그날은 크리스마스이브였다.

조이의 불만은 다른 생각으로 깊어가고 있었다. 주변 사람들이 조이를 자꾸만 어리숙하다고 주장질하는 것 같았다. 그런 조이는 희선에게 바라는 것이 많지 않았지만 차츰 조건이 생기는 것 같았다. 불만을 털어놓는 조이의 생각은 희선과 부부 사이로 혼인신고를 했는데 같은 침실에서 잠자리를 하지 않는다는 시비였다. 남자라면 그런 소리야 당연히 할 만한 얘기라고 그녀는 생각했다. 미국은 서류상 가짜 영주권을 내주는 혼인 조건이라면 돈을 많이 준다는 얘기를 들었다. 본국으로 추방되어 갈 사람은 아마 한국에서 큰 죄를 지은 사람이거나, 불법에 이유가 있는 유형이었다. 그러나 희선은 겁날 것이 없었다. 범죄자가 아니었기 때문이었다. 싫으면 다시 내 나라로 가면 되는 것이지만 불법 체류자가 되고 보니 미국으로 불러들인 조이보다는 멍청하게 선뜻 앞뒤를 재보지도 않고 이민을 결정한 자신이 더욱 우스웠다.

조이는 희선을 이참에 아내로 맞을 생각이었다. 술만 먹으면 한국 친구들에게 전화를 걸었다. 그날도 희선은 그런 그가 싫어 전화를 걸지 말라고 말리다가 그만 휴대폰 전화기를 쳐서 바닥에 떨어뜨려 버렸다. 술김에 화가 난 조이는 휴대폰을 냅다 바닥으로 번져 액정 화면이 거미줄처럼 금이 가도록 깨지는 행동을 서슴지 않았다. 이참에 본때를 보여줄 것처럼 행동을 했다.

희선의 호락호락하지 않는 태도에 속만 상하던 조이는 기어코 그날 밤 집안의 집기류를 집어던지는 일까지 벌이고 만 것이었다. 그리고 태연하게 기억을 못했다. 아니 기억 못하는 척했다. 그것은 희선이 미국에 온 후로 한 달에 한 번씩 벌이는 조이의 술버릇 행동이었다.

이젠 서류상 부부라 911로 전화 한 통이면 미국은 가장 큰 중범죄자가 된다는 것도 그는 생각하지 못하는 것 같았다. 이건 나중에 주변 사람들이 희선에게 알려준 말이었다. 아니 가짜 결혼이라고 조이가 말하면 그도 희선도 심각할 수 있는 문제였다.

희선은 마음을 다져 먹었다. '주사는 절대 고칠 수 없는 거라고 했어.' 그녀의 머릿속은 어제 일로 미련 따위는 모두 버린 것 같았다. 영주권이 오든 안 오든 필요 없는 종이 한 장에 연연하지 않고 미국을 떠나기로 그녀의 마음을 다지고 말았다. 그리고 조이가 어젯밤에 저지른 꼴을 보여주고 싶어 사진 한 장을 찍어 사장인 사촌에게 '저 한국으로 갑니다. 조이가 어제 이런 짓을 했는데 여기에 살 이유가 없어서요.'라는 짤막한 문구와 함께 전송해 버렸다.

문자를 보낸 다음날 조이 사촌 정 사장이 집으로 찾아와 한국으로 돌아가지 말라고 만류했으나 희선은 듣지 않았다. 이미 예약해 놓은 항공 티켓 날짜까지 알려주었다. 조이는 진심으로 사과를 했지만 그건 이미 늦어버린 변명 같아 보여 그녀는 조이가 바보스럽게 보였다. 희선이 조이를 향해 과하게 화를 내지 않은 것은 혹시나 한국으로 돌아간다면 해코지를 할 것 같아서 가능하면 감정 표현을 하지 않았다.

모든 정리가 끝나고 한국으로 필요한 짐을 보냈다. 희선이 사용하던 모든 물건들은 조이에게 버리든 가져가든 위임을 했다. 그리고 친구라는 명목으로 잘 지내자는 말도 잊지 않았다. 일단 한국으로 무사히 귀국하는 것이 우선이란 생각이 들었다.

"떠날 필요 없을 걸."

조이는 자신에 찬 음성으로 희죽 웃으며 완강하게 한국으로 가겠다는 희선을 향해 영주권을 내밀었다.

희선은 기가 막혔다.

"이미 나온 영주권을 지금까지 숨기고 있었다는 거니?"

희선은 하나도 놀랍지 않은 표정이었다.

영주권이 나오면 희선이 떠날 것 같아 건네주지 않은 조이의 속내가 한심스러우면서도 저의가 의심스러웠다.

"야! 영주권 그거 필요 없어. 너 가져. 언제 나온 건데 이제야 꺼내 놓는 거야."

희선은 참았던 부아가 치밀어 올라 표독스러운 말투로 쏘아붙였다.

"이거 나온 지 얼마 안 돼. 장난치면서 주려고 했는데 니가 떠난다는 말에 이제라도 주려고 하는 거야. 미안해…."

조이의 말은 거짓말이 분명하도록 얼버무리고 있었다. 그리고 다시 한 장의 소셜시큐리티 신분증을 건넸다. 미국에서 취업하려면 꼭 필요한 신분증으로 그녀의 고유 번호가 적힌 합법적인 한국 주민등록증과 같았다. 조이가 슬그머니 희선 곁으로 같다놓은 신분증 두 장을 조이를 향해 냅다 던져버렸다. 그리고 자리를 박차고 일어서 밖으로 나가 버렸다.

조이는 미안하다는 말과 가지 말라는 말을 그날부터 보름이 지나도록 얼굴이 마주칠 때마다 계속했다. 희선은 그가 진짜 미안함이 무언지 알고나 있는지 궁금했다.

희선의 생각은 그랬다. 그리운 사람들을 두고 떠나 올 때는 희망이 있었다. 지금 타국에서 적응해 보려고 힘들게 살고 있는 자신이 행복하다고 생각되지 않았다. 한국도 이 정도면 얼마든지 재미있고 안전하게 살 수 있었기 때문이었다.

거리는 낯선 사람들끼리는 늘 웃는 얼굴이었지만 겁이 났다. 누가 총기를 소지한 사람인지 알 수 없고 승용차에 쇼핑백 하나도 두고 내릴 수 없는 곳이라 불안했다. 이민을 와서 나이 든 한인들은 한국에 가서 나머지 인생을 살고 싶어 했다. 그런 희선은 왜 지금, 이곳에 와 있는지 자신을 향한 비웃음이 났다. 그녀가 매일 출근하는 하늘 위로 고국을 향해 떠나는 푸른색 비행기를 볼 때마다 희선은 일 년 남짓한 타국생활은 하루하루 한국에 두고 온 가족이 그리워지기 시작했다.

향수병의 시작 같았다. 캘리포니아 하늘은 오늘따라 구름 한 점 없이 파랬다. 그런 희선에게 미국에 머물고 있는 시간은 추락하는 인생 날개 같았다.

희선이 한국으로 떠나는 날이 다가왔다.

조이와는 짤막한 악수가 그와 마지막 인사였다. LAX 공항에는 조이 대신 희선의 조카들이 나와서 배웅을 했다. 희선의 조카들은 엘에이에 살고 있어 한국으로 가기 전 조카를 보려고 엘에이로 와 있었다.

출국심사는 입국절차 때처럼 까다롭지 않았다. 그녀 좌석은 비즈니스석이라 2층이었다. 승무원의 아내를 따라 희선은 좌석에 앉았다. 2층짜리 A사 비행기가 처음으로 한국을 운행한다는 소식은 들었지만 희선이 탑승하게 될지는 생각하지 못했다. 미국을 떠나는 마당에 이러나저러나 허비한 돈과 시간은 잊어버리자는 그녀를 위한 보상심리였다. '그래 인생은 새옹지마인 거야' 희선은 피식 쓴웃음을 웃어 보였다.

그녀가 한국으로 돌아가는 시간만큼은 초라해지고 싶지 않았다. 한국으로 이륙하는 비행기의 요란한 떨림이 지나고 얼마의 시간이 지나 승무원이 메뉴판을 들고 왔다. 희선은 기내식을 주문했다. 비즈니스석 답게 흰 테이블보 위에 안심스테이크와 맥주가 놓여졌다. 다른 좌석에서 주문한 라면 냄새가 고향을 부르는 향수처럼 코끝으로 와 닿았고 또 다른 식욕을 불러들였다. 테이블이 치워지고 희선은 의자 리모컨 버튼을 눌렀다. 의자는 스스로 밀려나더니 금방 침대가 되어 희선을 눕혀놓았다. 기분이 야릇했다. 비행기 안에서 두 다리를 쭉 뻗고 눕는다는 것이 낯설고 어색했다.

그녀는 담요를 목덜미까지 끌어올려 덮었다. 그리고 눈을 감았다. 미국에서의 고된 시간이 희선의 머릿속으로 아련히 밀려들었다.

샌프란시스코의 거리는 잿빛 하늘에도 뜨거운 열기를 토해냈다. 예술가와 히피들이 살아가기 좋은 도시는 자유롭고 아름다운 몽환을 지니고 있었다. 희선은 한국으로 돌아갈 궁리를 하며 멍하니 도로를 걸었다. 돌아가는 게 맞는 건지, 아니면 곧 나올 영주권으로 조이와 부부가 되어 사는 것이 옳은

걷지 머릿속이 복잡했다. 멍한 얼굴 그 자체였다. 이왕 나온 김에 프리마켓을 들려가야겠다고 생각하며 마켓 방향으로 발길을 옮겼다.

한산한 길이었지만 대로변이었다. 그녀 앞에는 맞은편에서 걸어오는 흑인 여자 외에는 특별한 상황이 없었다. 그러나 갑자기 희선의 얼굴을 향해 주먹이 날아들었다.

"아-얏!"

희선은 놀라서 짧게 소리를 지르고 주먹을 날린 여자를 쏘아보았다. 흑인 여자였다. 마트 카트를 한 손에 잡고 있는 그 여자의 행색은 길거리를 배회하는 여자 같았다. 갑작스런 일로 우두망찰하는 희선을 지켜본 미국인 청년 두 명은 희선에게로 급하게 다가왔다.

그리고 희선에게 물었다.

"너 괜찮아?"

순간 갑자기 일어난 일에 희선은 몹시 당황하고 창피했다. 희선은 특별히 잘못한 일이 없다는 생각이 들었다. 그녀는 자다가 날벼락을 맞은 기분이었다.

친절하게 묻는 두 청년을 향해 조금 전 물어본 대답을 간신히 했다.

"응, 난 괜찮아."

"노 노, 너 안 괜찮아. 니 눈이 부었어."

영어로 말을 했지만, 그의 손짓으로도 희선은 알아들을 수 있었다.

순식간에 흑인 여자가 날린 주먹 한 방은 그다지 아프지 않았는데도 희선의 눈가가 벌겋게 부어 있었다. 미국인 청년은 길가에 있는 가게에서 얼음을 사서 그녀의 손에 건네주었다. 그리고 911로 전화를 걸었다. 상황을 설명하는 사고에 대한 연락 같았다. 그는 눈가에 얼음주머니를 대보라는 시늉을 했다.

희선은 순간 가슴이 뭉클해져 왔다. 서로 다른 나라의 사람이지만 너무나 고맙다는 생각이 들었다. 희선에서 주먹을 날린 흑인 여자는 아무 일도 없었다는 듯 그랜드 에비뉴 길 방향으로 사라져 갔다.

희선은 조이에게 전화를 걸었다. 노숙자에게 맞았다는 이야기를 할 수가 없었다. 그냥 빨리 그녀가 있는 곳으로 급히 와 달라고 했다. 그러는 사이 두 명의 청년 중 한 사람은 흑인 여자를 따라가고 있었다. 시간은 한 시간을 채우고 있었지만 조이가 오지 않아 마음이 불안해지기 시작했다. 그랜드 애비뉴 길을 향해 911 사이렌 소리가 요란스러운 소리를 내며 달려가고 있었다. 그것은 흑인을 따라간 청년이 그 여자를 잡아놓고 있었기 때문이었다. 그리고 미국인 청년에게 그쪽 방향으로 오라는 전화가 걸려왔다. 경찰차와 구급차, 911 소방차가 도착하여 희선에게 도움을 준 청년을 기다리고 있었다. 그 곁에는 조금 전 희선에게 주먹을 날린 덩치 큰 흑인 여자도 엉거주춤 서 있었다. 그때까지도 조이는 그곳에 모습을 보이지 않았다.

경찰을 향해 미국인 청년은 길에서 조금 전 일어난 폭행을 설명하고 있었다. 지나가던 사람들도 큰일이 난 듯 그들 곁으로 모여들었다. 희선의 마음은 불안해지기 시작했다. 흑인 여자 때문은 아니었다. 희선이 아직 받지 못한 영주권이 문제였다. 신분증을 보여 달라고 할까 봐 덜컥 겁이 났다. 경찰관이 희선을 향해 무언가 물어보려고 할 때 조이의 모습이 보였다.

"희선아, 무슨 일이야?"

너무 늦게 도착한 조이가 미웠지만, 희선은 조금 전 일어난 상황을 간단히 설명해 주었다. 그리고 희선은 조이를 향해 짜증 섞인 말을 던졌다.

"이런 상황에 넌 어디 있다가 이제 오니? 공방에선 아까 나갔다던데."

조이의 얼굴은 머쓱한 표정이었다.

그때 경찰관이 희선을 향해 물었다. 영어로 묻는 긴 단어는 무슨 질문인지 알아들을 수가 없었다. 희선은 조이를 향해 무슨 말인지 통역을 부탁했다.

"저 여자 감방으로 보낼 거냐고 묻는데, 미국 감방."

"니가 보내라고 하면 바로 데리고 간데."

"저 여자 뭐하는 사람인데?"

길거리를 배회하는 여자처럼 보였지만 희선은 정확히 알고 싶었다.

"보나마나 노숙자지. 홈 리스, 집 없이 길에서 떠도는 여자."

희선은 그 여자가 괘씸하다는 생각이 들었다.

그 여자를 감방으로 보내버릴까 하는 생각도 들었지만, 그러나 일을 키우고 싶지 않았다. 노숙자를 감방에 보낸들 희선의 마음도 편할 것 같지 않아 빨리 지금 상황을 종결짓는 것이 상책 같았다. 조이는 경찰관에게 감방에 보내지 말라는 희선의 말을 전했다.

경찰관은 몇 번이고 희선의 대답을 묻고 또 묻고 나서야 그 자리를 떠났다. 희선은 조금 전 그녀를 도와준 두 명의 청년들에게 고맙다는 인사를 몇 번이고 남기고 돌아왔다.

그 일이 있고 희선은 노숙자의 이유 없는 폭행도 기막힌 일이지만, 타국이란 명칭도 마음에 들지 않았다. 그녀의 눈가에 시퍼런 멍 자국이 흐려져 갈수록 희선은 조이가 싫어지기 시작했다. 그날 있었던 일이 자꾸 떠올랐다. 긴급한 상황에서 조이는 그곳으로 급히 와주지 않았다. 그런 조이가 타국땅에 있는 희선의 보호자가 된다 한들 지켜줄 것 같은 믿음이 생기지 않았다. 그가 모든 면에서 모범적인 행동을 보였다면 아마 미국에서 조이와 두 번째 인생을 설계하며 살아갈 수도 있을 것 같았다.

고국으로 향하는 비행기 안에서 희선은 끝내 잠을 청하지 못했다. 잠을 자려고 할수록 그녀의 생각은 지난 일을 선명하게 기억나게 했다. 미국에서 알게 된 좋은 사람들과의 이런저런 일들도 생각났다. 오랜 시간 함께했던 짐들을 고국 땅에 버리고 미국으로 왔던 것처럼, 지금은 미국에서도 과감히 그렇게 버리고 떠나기로 했다. 미련 없이 돌아가자는 마음의 답은 간단했다.

그녀가 한국에 도착한 날은 크리스마스이브 아침이었다. 겨울답지 않게 포근해 보였다. 열 시간이 넘도록 한숨도 눈을 붙이지 못했지만 피곤하지 않았다. 희선은 착륙한다는 기장의 안내 방송을 들으며 비행기 창문으로 눈을 돌렸다. 칠흑의 어둠을 걷어낸 여명은 작은 창문을 통해 붉게 떠오르고 있었다. 짧고도 긴 여정을 끝냈다는 안도감에 희선은 깊은 날숨을 뱉어내고 있었다.　　미국에서 돌아온 희선은 곧바로 이혼서류에 서명해서 조이에게 보내버렸다. 그리고 가져온 영주권도 미국 대사관에 반납해 버렸다. 서신을 받은 조이는 못내 아쉬워하는 문자를 보내왔다.

한 번쯤 살아보고 싶었던 나라였지만, 희선은 쓸데없는 체험을 경험 삼아 담아왔다고 생각했다.

그녀가 돌아온 후 3년이 지날 무렵 코로나19는 전 세계로 전파되어 갔다. 코로나바이러스의 발생지가 아시아라는 이유 때문인지, 미국 길거리에서는 중국인과 아시아인을 향한 '묻지 마!' 증오범죄가 비일비재하게 일어나고 있는 뉴스가 보도되었다.

희선은 마음이 안타까웠다. 그녀가 잠시 머물렀던 엘에이 그 길이 떠올랐다. 그곳은 희선에게 타인의 땅이었으며, 그녀도 그곳에서는 단 한 사람의 이방인일 뿐이었다.

조용한 몸부림

유난히 맑은 하늘은 눈이 시리도록 파랬다.

커피숍 창밖을 바라보던 세령의 눈으로 검은 승용차 한 대가 지나갔다. 낯익은 번호판 숫자가 그녀의 눈으로 빠르게 들어왔다. 창수의 차였다. 순간, 그녀는 창수와의 긴 동거생활이 불현듯 떠오르며 지난날의 시간 속으로 가라앉기 시작했다.

천년을 행복할 것 같았던 홀아비와의 첫 사랑, 그 이별 후 겪은 후유증으로 몸살을 앓고 난 그녀는 그 후부터는 아무도 사랑할 수가 없었다. 물론 그후 세령은 서너 번의 맞선을 보고 우연한 만남도 있었지만, 창수에 대한 상처가 늘 그녀를 사로잡았다.

창수와 이별한 후에 알게 된 창수 아이를 지우러 가던 날, 세령은 죽는 날까지 절대로 어떤 남자도 사랑하지 않겠다고 옹골찬 생각을 했다.

올해로 세령은 환갑이 되었다.

얼굴에는 가느다란 잔주름이 하나씩 늘어났고, 귀밑머리는 하얗게 변해 노년으로 향하는 나이가 되었다. 그녀는 사랑의 아픔은 사랑으로만 치유될 수 있다는 말도 믿지 않았다. 창수와의 이루지 못한 인연은 그렇게 늙는 자신을 허무하다고 생각하지 않았다. 그 누구도 세령의 마음을 대신 채울 수 없었던 사랑의 빈 수레 같았다.

그날 취업을 위해 회사로 찾아가 기다리던 세령은 여우비가 지나간 창문을 물끄러미 바라보고 있었다. 얼마쯤 지나 세령은 문 쪽으로 시선을 돌렸다. 건장하고 다부진 청년 같아 보이는 키가 큰 남자가 사무실 문을 열고 들어섰다. 서른을 갓 넘긴 듯한 풋풋한 젊은이었다. 금세 생동감이 느껴졌다. 세령은 그 남자에게 시선을 꽂고 신발부터 얼굴까지 고개를 들어 올려다보았다.

"어떻게 오셨어요?"

세령을 향해 서너 발 앞으로 다가선 그 남자는 친절한 목소리로 이내 용건을 물어왔다.

"오늘 면접 때문에…."

세령은 다소곳한 말투로 뒤끝을 흐렸다.

"아- 네에 잠시만요. 저는 여기 근무하는 김창수라고 합니다. 전무님이 지금 딴 곳에 계시거든요. 제가 가서 전하고 올 테니 잠시만 기다리세요."

그 남자는 돌아서서 잰 발걸음으로 문을 닫고 접견실과 연결된 사무실을 빠져나갔다. 남자가 빠져나간 접견실은 적막했지만 세령은 방금 친절하게 웃던 진청색 잠바의 창수라는 남자 때문인지 회사 접견실에 앉아있는 마음이 안정되었다.

회사에서 면접을 본 뒤 얼마 안 돼서 통지가 날아들었다. 입사 결정이었다.

세령이 회사에 근무한 지 어느새 3개월을 넘기고 있었다. 회사 생활의 즐거움은 쉬는 시간과 점심시간이 가장 좋았다.

우르르 몰려가는 회사 구내식당은 식판 부딪치는 소리와 서로 주고받는 말소리가 소란스럽게 들렸다. 세령은 된장찌개 속 두부 한 수저를 건져다 입안에 넣었다. 먹는 문화에서 정을 쌓는다는 말이 있듯이 회사에서의 점심식사 시간만큼은 유난히 서로가 친한 사람들 같았다. 또한 세령은 앞에 앉은 그 남자 창수가 그날은 더욱 잘생겨 보였다.

"맛있게 드셔…."

"감사히 먹겠습니다."

창수는 빙그레 웃으며 주린 배를 가득 채우는 것처럼 보였다. 아침을 굶었나 싶을 정도로 점심을 맛있게 먹는 그가 복스럽다는 생각을 하며, 세령은 식사 후 커피 한 잔하자는 제안을 했다.

그는 세령이 회사에 입사할 때 처음 만난 사람이었다. 아무도 아는 사람이 없는 직장은 함께 적응할 사람이 필요했기에 세령은 마음속으로 김창수 그를 끌어 들였다.

세령이 창수에게 호감을 갖게 되자, 창수가 퇴근하는 시간을 기다리며 세령도 밀린 업무를 처리하고 늦은 창수의 퇴근 시간에 맞추었다. 창수를 만나기 위한 세령의 그런 속내를 창수는 알지 못했다. 처음엔 그녀의 친절이 창수는 마음 착한 신입사원으로 생각했겠지만 점점 창수의 마음속에 그녀가 자리를 잡아가고 있었다.

창수가 가진 홀아비 콤플렉스와 전처에 대한 배신감으로 여자라면 별로 좋아하지 않았던 창수였지만, 세령의 웃는 얼굴만큼은 좋다는 감정을 그 자신도 숨길 수가 없었다. 그런 어느 날 창수의 차편으로 그녀의 집까지 데려다 줄 때 세령이 창수를 향해 사랑을 고백하게 되었다. 잠시 망설이던 창수는 그녀의 사랑을 흔쾌히 받아들이며 그가 미처 하지 못한 프로포즈를 그녀에게 받게 되었다.

커피숍은 적당한 데시벨의 소음으로 마음이 편안했다. 회사 구내식당에서 점심을 먹고 나온 두 사람은 아메리카노 두 잔을 주문하고 자리에 앉았다. 아직도 점심시간이 끝나려면 반시간 정도는 남아 있었다.

이렇게 짧은 시간이었으나 두 사람의 마음은 점점 밀착되어 갔다. 그런 어느 날 두 사람은 서로 함께하고 싶다는 생각에서 일단 동거부터 하자고 했다. 그러나 걸림돌은 세령의 아버지라고 여겨졌다.

"우리의 동거를 승낙해 주실까?"

"어림없는 소리지…. 내 딸이라도 절대 용서 안 하겠다."

창수는 세령을 힐긋 바라보며 엄숙한 아버지 흉내를 냈다.

세령은 창수의 장난기 섞인 목소리에 두려울 것 없는 용사가 되어 자신감이 넘친 비장한 말까지 꺼냈다.

"정 안 되면 둘이 같이 죽지 뭐… 자신 없지? 사랑이 얼마나 힘든 건대, 안 해본 사람은 모를걸."

창수를 향해 세령은 다가올 시간에 대해 자신 만만 했다. 단지 창수와 같은 집에서 살 수 있다는 것만으로도 행복할 것 같았다. 두 사람은 이 세상 어떤 역경도 이겨내고 잘살 수 있을 거라는 믿음이 더 강했기 때문에 힘든 시련이 닥친다 해도 두렵지 않다고 생각했다. 그리 생각하니 마냥 신나고 신났다.

둘의 동거는 그렇게 시작되었다.

세령은 몰래 하는 사내 연애가 숨바꼭질을 하는 것처럼 어떤 면에서는 흥미로웠다. 무엇보다 든든한 조력자가 있어 뒷배를 얻은 기분이었다. 아무 때나 볼 수 있는 창수를 보는 것만으로도 세령은 행복했다. 그저 만나야 할 운명 같은 남자라고 여겼다.

세령은 연애 경험이 없는 아가씨였지만 창수의 경우는 달랐다. 홀아비도 홀아비지만 사내 여직원들에게도 인기가 많았다. 들리는 소문에는 여자를 좋아하는 바람기 있는 남자라는 소문도 얼핏 들렸다. 저 정도로 잘 생겼으면 그런 소문도 당연히 있을 법했다. 그가 혼자 애를 키우는 남자인 걸 모르기 때문에 나온 소리였다. 세령도 그렇게 생각했고, 나이 차이는 있다 해도 결혼하지 않은 노총각 같다는 느낌이었다. 그녀는 엄격한 아버지보다는 자상한 남자가 좋았다.

창수는 세령의 마음을 너무나 잘 알아주었다. 세령이가 가고 싶은 곳은 미리 검색해 그 일정을 멋지게 짜주는 매력남이었으니 세령은 이혼남과 미혼녀의 혼인에서 그 차이가 얼마나 큰 건지 미처 가늠하지 못하고 창수라는 남자의 늪에 깊이 빠져 버렸다.

창수에게는 아이가 있었다. 세령은 새엄마로서 자리매김을 톡톡히 해낼 자신이 있었다. 사랑을 많이 주면 딸아이는 분명 세령을 잘 따를 것이라고 생각했다. 창수가 세령과 오랜 기간을 사귀는 동안 그의 아이는 창수 부모님이 맡아 키우고 있었다. 그래서 두 사람이 연애를 하는 동안은 유부남인 것조차 잊고 있었다.

창수와 밖에서 만나는 시간이 길어지며 그녀는 결혼은 나중에 하더라도 같은 집에서 먼저 살림을 합치자는 제안을 하고 오피스텔을 정리한 세령은 창수의 집으로 이사를 왔다.

함께 살다보니 세령은 임신을 했지만 회사를 다니는 세령으로서는 아기를 낳을 수가 없었다. 그래서 아기를 낙태하고 말았다. 그 때문인지 거듭되는 그녀의 유산으로 아기는 포기하자고 했다. 창수의 친가에서 돌봐주던 창수의 딸아이를 데리고 한 집에서 같이 살자는 제안에 그녀는 자신의 입장을 생각할 때 차마 싫다고 할 수가 없었다.

딸아이도 처음에는 세령을 잘 따라 주었다. 사실 아이가 있는 남자란 것도 그와 사귀던 중 한참이나 익숙한 사이가 되자 눈물을 보이며 그가 딸아이가 있다는 고백을 했다. 이 남자랑 살지 않고서는 피해갈 수 없는 운명 같다는 생각이 들었고, 그만큼 세령은 그를 사랑했다.

창수와 처음 교제를 시작할 때는 초등학생이었던 딸아이가 세령이 본격적으로 집으로 들어와 동거를 하면서 중학교 2학년이 되었다. 그러나 사춘기를 맞으며 딸애는 매사에 세령을 바라보는 마음이 고깝게 여기는 것 같았다. 아무리 어린 여자아이라고 해도 여자와 여자 사이는 적군 같았다. 세령이 진실하게 마음을 열고 정을 담아 살갑게 잘하려고 해도 아이가 받아들이는 태도나 어감이 사소한 말 속에서도 화를 치밀게 했다.

어쩌면 세령 자신이 내 아이를 갖지 못한 자격지심에서 비롯된 것인지도 몰랐다. 창수가 세령을 빼고 아이와 웃고 놀 때면 울컥 화가 치밀어 올라 사랑했던 그조차도 미워지기 일쑤였다. 그는 늘 자상한 아빠지만 엄격한 부분이 있었다. 창수의 딸은 세령을 엄마라고 부르지도 않았다. 엄마라는 호칭을 빼거나 필요한 것을 요구하는 형식으로 흡사 가정부나 보모를 대하듯 했다.　　세령도 엄마라는 호칭이 그녀에게도 어색할 것 같아 바라지도 않았지만 괜스레 무시당하는 기분이 들어 자신도 모르게 아이들을 향해 신경질적인 반응을 했다. 둘의 사이는 언제부터인지 거리감이 생기며 보이지 않는 냉기가 흘렀다.

금요일 아침 창수의 출근길은 유난히 차량 통행이 밀렸다.

앞차의 브레이크 등이 빨갛게 눈으로 들어오며 가다 서기를 반복했다. 창수 그의 전화기에 '아내' 라는 글자가 떴다.

그는 세령을 아내라고 입력해 놓았다.

"웬일이야? 출근길에 전화를 다하고…."

"전데요, 무조건 집으로 잠시 왔다가요."

"무슨 일인데?"

"지금 회사에 가는 중인데, 도착도 안 했어."

"나, 지금 얘 때문에 못살아. 빨리 오라고!"

세령은 반말 섞은 말투로 자기 말만 하고 전화를 확 끊어버렸다.

출근도 하기 전에 세령의 씩씩거리는 목소리가 전화기를 두들겼다. 창수도 딸아이가 세령을 달가워하지 않는다는 것은 알고는 있었지만 이렇게 출근하는 시간에 집으로 급히 오라고 한 적은 없었다.

재혼, 그것은 절대 쉬운 일은 아니라는 생각이 창수의 머릿속을 스쳐갔다. 남자 혼자 아이를 키운다는 것도 어렵지만 쉽게 결혼하지 못하는 이유도 다름 아닌 자식이 새엄마와 조화를 이루기 힘들어 흡사 물과 기름 같은 관계 때문이라는 생각이 들었다.

창수는 처녀와 함께 산다는 것이 잘못된 것이라고 생각하지는 않았다. 그는 늘 세령에게 미안하고 고맙다는 생각이었다.

그들 둘만의 시작이라면 고백하기 쉬울 수 있었다. 하지만 세령을 만났을 때는 창수가 총각인 줄 알고 있는 세령에게 그로서는 차마 말할 수가 없었다.

사내에서 자주 얼굴을 대하다 보니 저절로 가까워졌고, 그런 세령을 마음에 품은 것도 외모와는 달리 착한 그녀의 마음씨가 왠지 아이를 키우는 홀아비인 그에게는 안식처 같았다. 그래서 자주 세령과 함께하는 시간을 마련하다 보니 둘은 사랑에 서서히 빠지게 되었다. 그때도 창수는 세령이 아이를 키워줄 아내감으로는 생각하지 않았다. 그건 세령에게 큰 짐을 지어주는 문제이고 죄스러운 것이기 때문이었다.

또한 홀아비와의 사랑은 잠시 스치는 인연에 불과하기 때문에 결혼이 아닌 연애로 생각했으나, 세령의 도전적이고 과감한 성격 탓에 결국은 한 집에 살게 되면서 일은 시작된 셈이었다. 아이는 세령을 만나면서 잠시 친가에서 돌봐주었다. 세령과의 동거가 오래 지속되면서 그의 딸아이가 창수 본가에서 둘이 사는 집으로 돌아오고 난 뒤부터는 집안은 잠시도 편안할 날이 없었다.

창수의 딸은 필요한 일이 아니면 자기 방에서 밖으로 나오지를 않았다. 그런 딸아이의 행동은 점점 세령에게 정신적 갈등을 주며 핼쑥한 얼굴로 만들었고, 서서히 딸아이와 그녀의 사이를 벌려 놓았다.

'오늘은 대체 무슨 일이 생긴 걸까?' 창수는 적당한 곳에서 승용차를 돌려 집으로 향했지만 속에서는 부화가 치밀어 올랐다.

현관문 도어락 버튼 소리가 들렸다.

이미 짐작이라도 한 듯 세령과 딸아이의 얼굴은 굳어진 표정으로 현관문 쪽을 향해 시선을 고정시켰다. 창수의 얼굴은 울그락불그락 달아올랐다. 왜냐고 묻지도 않았다. 무엇 때문인지도 묻지 않았다. 창수는 다짜고짜 딸아이를 방안으로 밀어붙였다. 휘청거리며 벽에 등을 붙인 딸아이의 뺨을 힘차게 손바닥으로 내려쳤다. 딸아이는 고집스러웠고 세령에게 말도 안 되는 일로 덤벼들었을 거란 생각이 들었기 때문이다. 얼굴이 빨갛게 달아오른 다른 뺨에도 손이 올라갔고 창수의 손자국은 선명하게 드러났다.

이유조차도 듣지 않았다. 무조건 얼굴을 맞고 난 아이는 빤히 창수를 쏘아보았다. 눈가에는 살기가 섞인 눈물이 흘러내리고 있었다. 딸아이는 입술을 감쳐물었다. 그리고 몸을 돌려 뛰쳐나가더니 현관문 닫히는 소리가 요란하게 들렸다. 세령은 딸아이에게 매질하는 창수를 향해 그만두라고 말리지 않았다. 창수의 심정은 딸도 세령도 귀찮다는 생각이 들었다. 아이를 때리는데도 말리지 않는 세령의 태도가 친엄마가 아니기 때문이라고 생각되었기 때문이다. 그럴 법도 한 것이 그녀는 창수와의 나이 차이가 많은 데다 늘 아이에게는 속이 넓지 못했다. 외식 한번 하자고 밖으로 나가도 의견이 일치하질 않아 기분만 상해서 들어오는 적이 한두 번이 아니었다.

아내를 얻고자 했지만 딸을 하나 더 만든 격이 되었다. 딸이 밖으로 나가버리자 창수는 그날은 출근도 하지 않고 텔레비전 앞에 혼자 앉아서 곰곰이 뭔가 고심하는 모습이 역력했다.

그날의 싸움은 이러했다. 청바지를 찾는 그 아이에게 잔소리를 하다 옷을 냅다 바닥으로 던진 게 화근이 되었다. 딸아이는 대뜸 '에이, 씹팔…' 이라는 욕을 서슴지 않고 세령을 향해 뱉어 버렸다.

그때는 딸아이가 사춘기란 생각이 들지 않았다. 여자의 적은 여자, 창수의 딸도 그런 느낌이었다. 아이 딸린 남자와 결합한 자신이 너무 쉽게 생각했나 싶어 머릿속이 하얗게 변하는 느낌이었다.

세령은 아이만 생기면 3개월도 안 돼서 유산이 되었다. 그럴 때마다 세령은 공허하고 쓸쓸해서 울었고, 착상이 되지 않는 아이지만 보고 싶고 미안하다는 생각을 했다. 무슨 이유인지 모두 세령의 탓만 같았다. 내 아이 하나만 있다면 지금의 모든 상황도 견뎌낼 수 있을 것 같았다.

창수가 세령과 함께 살기 시작하면서 창수의 딸은 엄마가 없는 긴 시간을 외롭게 보냈다. 엄마 대신은 아니라도 나름대로 가정에 필요한 일들을 정리해 왔었다. 사실은 아빠인 창수가 눈앞에 보일 때만 하는 행동일 뿐 아무도 간섭할 사람이 없는 학교생활은 자유였다. 본인 마음대로 밖으로 돌아다녀도 참견할 사람이 없었고, 반항적인 말투와 태도로 변해 가고 있다는 것을 창수도 어렴풋이 직감하고 있었다.

그런 와중에 세령이 함께 거주하면서 참견 아닌 참견이 심해지고 딸아이 책상에서 세령은 친엄마의 사진조차도 치워버리는 일들이 있다 보니 자연히 둘 사이가 좋아질 리가 만무했다.

창수와 말다툼이라도 하는 날이면 세령은 밥도 하지 않고 누워 있었다. 밥솥에는 밥알이 없었고, 아이는 그런 세령의 눈치를 보는 날이 많았다. 이젠 세령과 딸, 두 사람이 대놓고 말싸움을 하는가 하면 청바지를 던지는 일까지 벌였으니 창수로서는 난감하기 그지없었다. 이런 상황에서 집을 나간 딸아이는 그날 밤 집으로 돌아오지 않았다.

밤새 그는 딸아이 걱정으로 잠을 이룰 수가 없었다. 물론 세령에게 원망스러운 마음이 있었으나 그런 상황이라 반항하는 마음에서 튀어나온 욕설이라도 딸아이가 잘못했다는 생각이 들었다. 그랬어도 사춘기 아이라는 생각을 하면 딸아이의 마음도 이해가 되었다. 그랬거나 말거나 그의 입장은 난감했고 우선 가출한 딸아이를 찾는 것이 급선무였다.

가출한 창수의 딸아이는 아빠 몰래 친엄마와 주고받던 연락처를 찾아 전화를 걸었다.

원치도 않은 새엄마도 아닌 낯선 여자와 살게 된 딸아이는 반항심만 남아 있었고, 그로 인해 그녀와 맞서다 결국 아빠에게 뺨을 맞았다. 딸아이는 학교도 집에도 오지 않았다. 딸아이는 친엄마를 찾아갔다. 친엄마는 삼일이 지난 후에 딸아이를 이것저것 따지지 않고 그냥 창수의 집으로 되돌려 보냈다.

딸아이의 생각으로는 친엄마를 만나 자초지정을 설명하면

기꺼이 받아 주리라 생각했으나 그것은 큰 오산이었다. 이미 깨어진 가정의 엄마였고, 그 딸아이로 인해 다시 창수와 연결되기 싫어했던 생모의 마음을 딸아이는 미처 읽지 못했던 것이었다.

딸아이는 자신의 그런 처지가 무엇인지 깊이 인식하지 못했다. 그저 생모였건 새엄마였건 아버지였건 모두 자신을 감싸지 않는 이상한 사람들로 각인될 뿐이었다. 그것은 사춘기 소녀에게 큰 충격이자 기성세대에 대한 반항심을 불러일으키기에 충분했다.

창수는 세령이 처음 입사하기 위해 회사에 왔을 때 모습이 떠올랐다.

그녀가 입은 검정색 슈트 차림새는 군더더기가 하나도 없었다. 나무랄 것 없는 늘씬한 키에 외모 또한 빠지지 않은 세령이었다. 당당한 발걸음 또한 면접관의 시선을 끌었다. 면접관으로 참관한 전무이사가 민세령의 이력서를 상세히 바라보며 그녀의 경력 내용에 흡족해하고 있었다.

합격 통보가 왔다. 2차, 3차 면접을 통해 창수가 다니는 회사에 근무하게 되었다. 창수는 세령과 같은 부서의 열 살이나 많은 상관으로 자리하고 있었다. 모든 것이 서툴러 적응 단계인 세령에게 창수는 친절했지만 깐깐하기 이를 데가 없었다. 세령의 회사 생활은 긴장 속에서 창수를 대하기 일쑤였고 실수도 잦았다. 그런 세령을 창수는 괜찮다며 새로 입사한 회사는 낯설고 어설픈 것이라며 위로를 하곤 했다.

사내 연애를 하는 사이가 아닌데도 둘은 서로를 도와주는 사이로 회사 생활을 했다. 가끔 고맙다는 인사로 창수는 저녁을 샀고, 그러다 보니 집을 나와 부모와 떨어져 오피스텔에서 혼자 살고 있는 세령은 창수가 오빠처럼 의지할 사람이 생긴 것 같아 마음이 편하고 좋았다. 어느새 그녀의 마음이 창수에게로 쏠리기 시작했다.

그녀는 주변 환경 따위에도 신경 쓰지 않기로 했다. 둘만의 사랑에 심취하는 시간이 길어지고 있었다. 결혼할 남자나 찾아서 만나라고 노심초사하는 부모님 얼굴이 떠올랐다. 왜냐하면 세령은 나이도 많고 아이가 있다 해도 창수만 곁에 있다면 무엇이든 다 이겨낼 수 있다는 배짱이 생겨 함께 살기로 결심을 했다.

집을 나가버린 창수의 딸아이는 아무 소식도 없었다.

이리저리 수소문을 해보았지만 학교 외에는 친구들의 전화번호조차 하나도 아는 것이 없었다. 세령은 그날 있었던 일이 후회스러웠다. 조금만 더 참지 못한 어른인 자신의 처사가 조금은 너무 했다는 것을 처음 알았다.

세령은 창수와 같은 회사에서 근무를 했지만 집에서 창수와 함께 지내고부터 재택근무를 선택했기 때문에 종종 집에 있는 날이 많았다. 집으로 돌아오지 않는 딸아이가 걱정이 되긴 했지만 딱히 찾으러 갈 만한 곳이 생각나지 않았다.

창수의 딸아이 일로 머리가 아프던 세령에게 느닷없이 전화가 걸려왔다. 세령의 아버지였다. 세령은 휴대폰 스피커폰을 눌러 아버지의 음성을 밖으로 들리게 했다.

"아버지, 저예요."

"잘 지내는 게냐?"

"그럭저럭 지내는 거죠 뭐. 매일 잘 지낼 수 있나요?"

세령은 태연을 가장했지만 목소리는 그리 밝지 않았다.

"나 오늘 서울에 볼일이 있어 왔는데, 너희 집에서 하룻밤만 자고 가려는데 괜찮지?"

세령은 느닷없는 아버지 제안에 얼른 대답을 하지 못했다. 빠르게 스피커폰을 끄고 전화기를 귀로 가져갔다. 세령이 오피스텔을 빼서 창수와 합친 지도 2년이 다 되어 가는데 늘 안부만 묻던 아버지가 뜬금없이 세령의 집에서 하룻밤 묵어 간다고 하니 세령은 머릿속이 까맣게 되는 기분이었다.

"왜 대답이 없어…."

"잠깐만요."

세령은 이 일을 어떻게 대답해야 할지 생각이 나지 않았다.

"아버지, 지금 어디 계세요? 지금 모시러 갈게요."

"뭘 와, 내가 택시 타고 그리로 가마."

"아뇨… 제가 그리로 갈게요."

세령은 아버지가 올라왔다는 말에 불안한 마음이 콩닥거리며 다급해졌다. 그리고 아버지에게 이 상황을 어떻게 설명해야 할지도 대책이 서지 않았다. 아버지가 말하는 장소로 택시를 타고 가는 동안 창수한테 전화를 걸었다.

세령의 아버지는 군인 장교로 예편을 했다. 큰 키는 아니었지만 외모답게 다부진 모습이 남자다워 보였고, 굉장히 고정관념에 얽힌 성격은 완벽주의자에 가까웠다. 화장실의 수건 하나도 반듯하지 않으면 안 되었고, 냉장고 속 반찬통 역시 가지런히 각이 맞아야만 하는 아버지였다. 그런 집에서 살다 보니 세령은 매사 모든 생활에 숨이 막힐 지경이었다.

그런 세령의 아버지가 지금의 딸을 본다면 기가 차다 못해 졸도할 것만 같았다. 어쩌면 머리채라도 끌고 갈 게 분명했다. 세령의 성격을 믿고 아버지는 그녀를 서울로 올려보냈건만, 그녀는 부모를 속이고 결혼식도 하지 않은 채 애 딸린 홀아비와 살고 있는 것이 아닌가. 자신이 당당하지는 않았지만 부끄럽다고 생각하지도 않았다. 부모의 눈을 피해 숨겨가고 있는 사랑 또한 언젠가는 부모님을 설득할 자신도 있었다. 그만큼 그녀로서는 아버지가 자신이 하는 일은 무조건 응원해 주는 사람이라고 믿었다.

하지만 현재 상황을 아버지께 설명한다 해도 지금은 무리 같았다. 단 하나뿐인 딸자식이 결혼도 하지 않고 동거라니, 불같은 아버지 성격으로는 도저히 이해를 시킬 방법도 없었지만, 이제는 어쩔 수 없는 진퇴양난의 길에서 한번은 겪어야 할 일이라 생각되었다.

세령은 오늘 창수를 소개시키고 아버지께 솔직히 말하겠다고 작정했다.

창수의 딸아이 때문에 마음도 편치 않은 판국에 이번 참에 사생결단을 내고 싶은 심사였다. '잘되면 인정받는 엄마가 되는 거고, 안 되면 그저 동거녀인 게지' 아버지를 만나러 가기 위해 밖으로 나온 세령의 머릿속은 혼란스러웠다.

쉽사리 잡히지 않던 택시는 오늘따라 쉽게 잡혔다. 급하게 택시 문을 닫았다. 약속 장소로 가는 내내 세령의 머릿속에는 복잡한 생각들로 가득 찼다. 전화를 걸어 창수를 세령의 아버지와 약속한 장소로 오라고 했다. 세령이 택시에서 내렸다. 그새 약속 장소에는 창수가 먼저 도착해 주차장에 와 있다는 연락이 왔다.

바쁘다는 이유로 세령은 부모님이 사는 울진으로 내려가지 않은 지가 2년이나 되었으나 그간 창수와의 달콤한 신혼에 빠져 부모님 생각은 안중에도 없었다.

(올게 온 거야. 있는 대로 말하고 이 참에 결혼식을 하자. 난 이 남자 절대 놓지 않을 거야. 아이 문제는 차차 좋아지면 되는 거니까.)

세령은 다짐이라도 하듯이 혼자 중얼거렸다.

택시는 약속 장소인 종로3가에 있는 커피숍 앞에 세령을 내려주었다.

그녀는 아버지를 만나는 것도 오랜만이지만 결심을 다진 마음 때문인지 썩 반갑지가 않았다. 불청객이 느닷없이 찾아온 것처럼 세령의 마음은 무엇에 누질리는 것 같았다. 창수에게 다시 전화를 걸었다. 커피숍으로 들어오라는 말이 떨어지기 무섭게 자동문 안으로 들어섰다. 그리고 이내 아버지를 찾아 주위를 두리번거렸다. 저쪽 좌석에 아버지가 앉아 있었다. 아버지 모습은 별로 변한 게 없어 보였다. 커피숍 안쪽에 커피 한 잔을 시켰는지 탁자에는 머그컵이 놓여 있었다.

"아버지…."

세령은 살며시 안쪽으로 걸어들어 가 아버지 손을 덥석 잡았다.

"그래, 잘 지냈어."

아버지 특유의 자상한 눈웃음이 세령을 바라보고 있었다.

"너무 오래간만이죠? 무슨 일로 서울 행차를 다하셨어요."

"내가 서울 오면 누가 잡아먹냐? 온 김에 너 좀 보고 가려고 했지. 딸하고 얘기도 할 겸."

세령의 아버지는 머쓱하지 않게 우스갯소리로 받아넘겼다. 세령은 아버지 곁에 앉아 아버지 손을 만지작거리며 조금 후에 할 말들을 어느 정도 이해해 주길 바라는 마음에서 새살스런 웃음기를 머금었다. 아버지는 친구 문상차 왔다고 했다.

그때 자동문이 열렸다. 말끔한 양복 차림의 창수가 세령을 향해 다가오고 있었다. 아버지는 마시다 남긴 커피 한 모금을 마셨지만 세령은 창수의 모습을 잠시 응시하고 있었다.

"아버지."

세령은 향해 다가오는 창수를 향해 벌떡 일어났다.

"창수 씨, 인사드려요. 우리 아버님이에요."

"김, 창수라고 합니다."

그는 세령의 아버지를 향해 공손히 머리를 숙여 인사를 했다. 그리고 세령은 그를 자신의 남자 친구라고 아버지를 향해 힘주어 소개를 했다. 남자 친구라고 힘주어 말한 것은 만약에 동거남이라는 말을 하는 순간 이 커피숍의 의자가 날아갈 것은 불 보듯 뻔한 것이었다.

세령의 아버지 눈빛은 뭔가 상황을 파악하려는 것인지 좋지도 싫지도 않아, 도저히 그 감정을 가늠하기가 힘들었다. 얼마간 이런 어정쩡한 분위기가 흐른 뒤 조용한 장소로 자리를 옮겼다.

창수는 정원이 근사하게 꾸며진 한정식 집으로 저녁 식사를 예약해 두었다. 그것은 세령의 아버지가 상경했다는 언질을 들었기 때문이었다.

한정식 집 마당에는 돌 받침으로 걸어가는 길목마다 가지런히 놓여 있었다. 세령과 창수, 그녀의 아버지는 커다란 식탁을 가운데 놓고 그녀 아버지를 바라보며 마주 앉았다. 눈치 빠른 그녀의 아버지는 딸이 하는 꼴이 아무래도 창수와의 관계가 심상치 않다 싶었는지 무겁게 입을 열었다.

"솔직히 둘이 어떤 사인가? 세령의 말로는 친구라고 했어도 내 직감에는 아닌 것 같은데…."

"…아버지."

그녀는 아버지의 어감에서 그저 아버지라는 말로 얼버무리려고 했다.

"말해 봐, 듣고 있으니까."

아버지는 채근하듯 조여오는 말투였다. 이를 눈치챈 창수가 무겁게 입을 열었다.

"저, 실은 저희 함께 살고 있습니다."

비장한 각오로 말하는 창수의 음성은 떨리고 있었지만 말투는 무쇠처럼 무거웠다.

"뭐! 뭐라고? 다시 한번 말해 봐. 세령이 니가 말해, 무슨 소린가~ 엉?"

"아버지, 그렇게 됐어요. 이 사람과 결혼 약속하고 함께 살고 있어요."

"누가? 니가? 맘대로 그렇게 해!"

"아버지, 저 바보 아니예요. 제 의사도 존중해 주세요, 네에…."

"야! 이거 살다보니 별소릴 다 듣네, 다 들어…."

그녀의 아버지는 이마로 손을 가져가며 흔들리고 있었다. 그리고 잠시 말문을 닫고 허공을 올려다보았다.

"아버지, 용서하세요. 저 잘살 수 있어요."

세령은 호소하듯이 아버지를 설득하려 했고, 창수는 죄인처럼 무거운 눈빛으로 두 부녀를 바라보며 한숨을 토했다.

"절대 안 돼! 내 눈에 흙이 들어가지 전엔 절대 안 돼!"

"아버지, 무엇 때문에 안 된다는 거예요?"

"니가 니 맘대로 저절러 놓은 일 자체가 안되는 거지."

세령은 아버지의 말을 듣는 순간 어차피 내지른 일, 이참에 모든 걸 털어놓고 싶어 다시 침착하게 말을 이어갔다.

"아버지, 사실은 이 사람 딸아이가 하나 있긴 해도, 제가 너무 많이 사랑하는 사람이에요."

"뭐! 메라구? 이런 말도 안 되는 소릴 씨부렁거려. 애까지 딸린 놈하고 살겠다고…. 세상 망조가 들렸지. 암, 망조가 들렸어. 내가 죽으면 죽었지 안 돼!"

세령의 아버지는 한 주먹으로 식탁을 내리치며 떠나갈 듯이 소리를 질렀다. 군 장교 출신인 세령의 아버지 목소리는 한정식 집을 뒤흔들었다.

그 자리에서 벌떡 일어난 아버지는 뒤도 돌아보지 않고 한정식 집을 빠져나갔다. 그리고 마지막으로 남긴 말은 다시는 보지 말자는 단오한 말이었다. 그렇게 아버지와의 만남은 끝이 났다.

그녀 아버지와의 그런 만남은 불행의 시작이었다.

그렇게 그녀 아버지에게 냉대를 받은 후 창수는 세령에게서 멀어져 가고 있었다. 가끔 외박이 시작되었고, 얼마 후부터는 이런저런 핑계로 집에 들어오지 않은 날이 많았다. 물론 장인될 사람에게서 그런 취급을 받았으니 지당한 처사라 여기면서도 창수는 자존심이 상했기 때문이었고, 이대로 세령과 결혼생활을 하기 힘들다고 생각했기 때문인 것 같았다. 또한 세령의 아버지 때문만도 아니었고, 이런 감정에는 이번 일로 세령과 마찰을 빚은 딸아이의 가출 문제도 함께 포함되어 있었다.

결국 그것은 창수와 세령의 사이를 서서히 갈라놓고 있었다. 세령은 아버지와의 대면 후로는 일체 전화 연락조차도 없이 살았다. 세상에 그녀 혼자라는 외로움이 밀려들 때면 사랑의 부재가 너무나 힘들게 다가왔다. 그녀는 부모도 아닌 창수도 아닌 오로지 자기 자신만의 인생을 살아야겠다는 생각이 들기 시작했다.

한겨울밤의 차가운 냉기는 콧잔등을 타고 목덜미로 파고들었다.

지천으로 깔린 겨울밤의 어둠을 벗어나지 못한 냉기 때문인지 몹시 차갑게 느껴졌다. 세령은 잠바 지퍼를 턱선까지 끌어올렸다. 뒷좌석에 실린 공항 가방과 박스 속의 물건들이 부산스럽게 놓여 있었다. 허둥대며 쑤셔 넣은 소지품이 밖으로 튀어나와 가지런해 보이지 않았지만 세령은 신경 쓸 마음이 거기까지 가지 않았다.

이제 이곳을 떠나 무작정 달리고 싶다는 생각이 들었다. 맞은편에서 달려온 승용차의 라이트 불빛에 눈이 반사되었으나 세령은 도저히 진정되지 않은 마음이었다.

어딘가를 향해 달려왔는지조차 생각나지 않았다. 점점 시울로 흘러내리는 눈물로 더는 앞이 보이지 않았다. 갑자기 조금 전 뛰쳐나온 그 집의 창수를 부둥켜안고 싶었다. 세령은 다시 창수에게 돌아가고 싶었다. 미치도록 그가 보고 싶었다. 그러나 그것은 여성의 여린 감성일 뿐이었다.

승용차는 아무런 미동도 하지 않았다.

겨울밤의 차가운 공간 속으로 눈발이 지분거리며 내리기 시작했다. 승용차 속으로 날아온 꽁꽁 언 커다란 타래실 한 덩이는 세령의 가슴속 깊이 박혀 풀리지 않을 것 같았다. 그녀는 이제 그 누구도 사랑할 수 없다는 생각이 들었다.

그녀는 냉정히 마음을 추스르기 시작했다. 창수와의 관계는 스스로 만든 사랑의 감정 그 울타리 안에서 술에 취한 취객처럼 한시적으로 도취되어 그의 품안에서 휘정거리며 매달린 것이었다.

한동안 생각에 잠겼던 세령은 머리를 털고 생각을 정리하기 시작했다. 아니 정리할 것은 창수와의 관계였다.

이제 그 도취되었던 감정에서 깨어나 그녀의 아버지 말대로 말도 안 되는 관계를 맺었다는 생각이 들었다. 아무리 그를 사랑했다 해도 그건 사랑이 아닌 사랑의 올가미에 걸려 자신도 모르게 빚어진 행위 같았다.

이제 잊자. 모든 걸 잊자고 세령은 마음이 굳어지고 있었다. 아무리 마음이 아파도 그건, 세령 자신의 몫이었기에 망각의 시간 속으로 들어가고 싶었다.

옛날로 돌아가자. 옛날의 자신으로 돌아가자고 그녀는 입을 앙다물며 창수를 떠나야겠다는 마음을 굳히고 있었다. 그런 생각으로 그녀는 운전석에 등을 기댄 채 멍하니 앉아 창밖으로 시선을 꽂았다.

어느새 자동차 앞 유리창에는 흩날리던 눈발이 쌓여 하얗게 창을 가리고 있었다. 마치 세령의 마음에 머물러 있는 창수에 대한 감정을 지워버리려고 하얗게 채색시키는 것 같았다. 하얗게 채색된 유리창을 멍하니 바라보던 세령의 마음도 점점 얼어붙었다. 그리고 자신이 그려왔던 창수와의 풋풋한 사랑의 감정은 훨훨 타던 모닥불이 사라지듯 서서히 꺼져가는 느낌이 들었다.

그런 생각이 미치자 창수와는 애당초 시작하지 말아야 했다는 생각과 함께 영원한 결별을 작심했고, 그 누구도 다시는 사랑하지 않겠다는 다짐을 했다.

그리고 그녀의 마음은 아버지에 대한 원망도 사라지며 점점 쌓이는 하얀 눈처럼 순수한 처녀 때의 그 마음으로 돌아가고 있었다. 그것은 모두 지난날의 상처를 잊으려는 조용한 몸부림이었다.

비밀의 방

90세 된 신노인의 사망 소식이 들려왔다.

그 나이로 보면 이상할 것도 없는 죽음이었다. 신노인이 구급차 들것에 실려간 하루 만에 들려온 소식이었다. 박보호사 하는 행동이 꺼림칙하더니만 결국 사달이 나고 말았다는 수군거림은 요양원 여기저기서 이구동성으로 들려왔다.

그날 아침, 박보호사는 신노인의 식사를 들고 방으로 들어간 지 10분도 채 지나지 않았다. 당황한 얼굴로 박 보호사가 아래층 계단을 향해 바삐 뛰어가는 소리가 요란스럽게 들려왔다. 그녀가 내려간 직후 간호부장은 신노인의 방으로 정신없이 뛰어 들어갔다. 요양원 거실은 아침 식사에 집중하느라 다른 방에서의 일들은 관심이 없는 것처럼 백색 소음만 들릴 뿐 유난히 조용한 아침이었다.

그 방에는 필순엄니와 경순엄니, 신노인 셋이 동숙자로 지내고 있는 방이며, 그 방 담당은 박보호사였다. 네 사람이 함께 지내는 방이지만 침대 하나는 입소하지 않은 누군가가 들어올 자리로 남아 있었다.

필순엄니는 장기요양 2등급을 받고 입소한 치매환자로 거동을 하지 못해 휠체어에 앉아서 케어를 받아야 했다. 몸집이 유난히 큰 필순엄니였다. 돈에 대한 애착이 유별나게 강했고, 또한 욕심이 많았으며 성격이 괴팍했다.

돈은 필순엄니의 전부라 누구도 그 지갑을 만지지 못했다. 그 노인은 돈만 있다면 자식들은 굶기지 않는다며 돈을 가장 좋아했다. 그래서 유독 돈, 돈하며 가짜 돈을 두둑하게 손지갑에 넣고 다녔다.

필순엄니는 일찍 결혼해서 아들을 하나 낳았다. 아들의 나이가 갓 두 살이 지나고 나서 전 남편은 폐결핵으로 세상을 떠났다. 필순엄니는 먹고 살길이 어려워지고 어린 자식과 생계가 막막해지자 재가를 선택했다.

두 번째 남편은 가산이 넉넉했다. 그 남편은 필순엄니보다 나이가 곱이나 많았다. 그의 아내는 일찍 세상을 떠나 전처와의 사이에는 아이가 없는 홀아비로 부모를 모시고 사는 남자였다. 전 남편의 아이를 데리고 재가를 택한 필순엄니의 고생은 시집살이가 이만저만이 아니었다. 두 번째 남편에게서 자식을 둘이나 낳았고 번듯하게 잘 키워놓았다. 전 남편의 자식은 두 번째 남편의 자식에 비해 잘 자라지 못했다. 그래서일까, 필순엄니가 늘 기다리는 자식은 오직 부족하게 키운 전 남편의 아들이었다. 필순엄니가 소중히 들고 다니는 가짜 돈 또한 종이에 복사한 돈이었지만 큰아들을 만나면 주겠다는 돈이었다.

필순엄니의 침대 옆에는 거동을 못하는 신노인이 누워 있었다. 창문 쪽으로 머리를 둔 침상이 있었으며 종일 그곳에 누워 있었다. 하루에 세 끼 식사 때만 침대가 세워졌고, 밥 대신 죽으로 끼니를 대신했다. 신노인은 목으로 삼키는 기능이 약해지자 모든 음식을 씹으려 하지 않았다. 때문에 당분간은 죽으로 식사를 하자는 가족들의 의견이 있었다. 처음 요양원에 들어와서는 말도 곧잘 했지만 조금씩 치매 증상이 심해지면서 음식을 먹으려 들지 않았다. 신노인은 날로 쇠약해지기 시작했다. 의식은 있었지만 말은 거의 하지 않았다. 그러나 늘 침상에 누워 있는 탓인지 낮달처럼 신노인의 뽀얀 피부는 유난히 빛이 났다.

빈 침대 맞은편에는 경순엄니가 있었다. 경관식을 하는 콧줄을 달고 박보호사가 담당하는 방으로 배정된 노인이었다. 보기가 딱할 정도로 그 모습이 말라 있었다. 눈매는 부리부리했지만 까만 피부가 거칠고 피부병으로 딱지가 온몸에 덮힌 경순엄니였다. 요양원에 입소하던 그날은 몹시 추운 겨울이었다.

자식들은 경순엄니의 마지막 생명 연장을 콧줄에 의존했다. 요양병원에 입원해 있었지만, 앓고 있는 병이 호전될 기미가 보이지 않자 이곳 요양소로 온 것이었다. 요양원에 들어온 경순엄니는 콧줄 연결 호수를 자주 빼버려 담당보호사를 힘들게 만들었다. 그러자 요양원 측에서 가족들의 동의를 얻어 경순엄니 손에 두툼한 장갑을 끼워 놓았다. 등을 휘감는 병의 기척에도 콧줄로 연결된 경관식 식사는 튜브를 통해 경순엄니에게 에너지를 공급해 준 탓인지, 경순엄니는 장갑이 끼워진 손끝으로 콧줄 호수를 빼 침상 아래로 감추기 시작했다. 어쩌면 밥을 먹고 싶었던 간절함이 부른 절실한 행동인지도 모른다.

그러면서 경순엄니는 미음을 조금씩 먹게 되었고 죽이 밥으로 교체되면서 차츰 생기가 돌아오자 이제는 정상적으로 혼자서 밥을 먹게 된 지도 얼마 되지 않았다. 경순엄니를 아는 사람들은 대단한 노인이라고 모두 칭송을 아끼지 않았다.

기력을 회복한 경순엄니는 조용한 성격의 충청도 할머니였다. 가끔 헛것을 보고 뜬금없는 소리를 자주 했다. 요양원 사람들은 환시로 인한 치매가 발동한다고 했다. 하지만 경순엄니 눈에 뱀이 보이고, 검은 그림자가 왔다고 말하는 날은 영락없이 요양원에는 노인의 사망 소식이 들려왔다.

어젯밤은 박보호사가 당직을 서는 날이었다. 요양원의 밤은 늘 긴장 속에서 당직을 서는 날이 많았다. 가끔 방문을 열고 걸어 나오는 노인도 있고, 밤이면 환청에 시달려 벽을 바라보고 소리를 치는 노인도 있었다. 박보호사는 당직 근무를 하고 아침 돌봄이 끝나면 퇴근하는 순번으로 정해져 있었다. 퇴근하기 전까지 그녀는 바쁘게 움직이지 않으면 안 되었다.

새벽 여섯 시가 되자 어둠 한쪽을 쭉 찢어 놓은 햇살이 요양원 창문으로 밝아오고 있었다.

오전 여섯 시가 되자 박보호사가 담당하고 있는 필순엄니의 방문을 열고 그녀가 들어섰다.

"어르신들, 밤새 편히 주무셨어요?"

박보호사는 어둡던 방안에 스위치를 켜자, 이내 형광등 불빛이 방안을 환하게 밝혔다. 방안으로 들어서는 그녀를 기다리기라도 한 듯이 떨리는 목소리가 들려왔다.

"아이구 부셔라… 아이 부셔."

박보호사를 일컫는 건지, 아님 무서운 꿈을 꾼 건지, 인기척 소리에 누군가를 기다린 듯한 경순엄니의 목소리였다. 경순엄니는 덮고 자던 이불을 슬며시 얼굴로 끌어 올리며 못 볼 걸 본 사람처럼 이불을 잡아당겼다.

방안으로 들어선 박보호사의 밝은 목소리는 기상을 알리는 점호 나팔소리처럼 명쾌했지만 방금 경순엄니의 뜬금없는 소리가 귀에 거슬리게 들려왔다. 박보호사의 말소리와 형광등의 환한 빛에도 노인들은 아무도 눈을 뜨지 않았다. 단지 경순엄니 혼자 중얼대는 소리가 잠꼬대처럼 방안에 들렸다.

"저기 와 있잖여… 시커먼 거."

"아하… 또 이러시네. 엄니! 있긴 뭐가 있다고 그래요. 저는 아무것도 안 보이는데."

박보호사의 말은 태연한 척했지만 경순엄니의 말은 늘 신경이 쓰였다. 박보호사를 향해 눈만 빼꼼히 내민 경순엄니의 눈동자는 머리 위쪽을 향해 치켜뜨고 무언가를 가리키고 있었다. 경순엄니가 헛것이 보인다고 이야기를 하는 날이면 반드시 누군가가 죽는 일이 생겼기 때문이었다.

태연한 척하는 말과 다르게 박보호사의 눈빛은 신경질적으로 변해 가고 있었다.

방안은 고요하고 따스했다. 간밤 보일러의 온기가 가득했지만 경순엄니 혼자만 춥다고 이불을 뒤집어 쓰는 행동을 했다. 경순엄니를 본척만척 지나쳐 박보호사는 돈밖에 모르는 필순엄니의 침상 앞으로 다가섰다. 그리고 침상 정리를 하기 시작했다. 필순엄니는 신경질적으로 박보호사를 쏘아보고 있었다. 이불을 걷어 냈다는 불만이 얼굴에 역력했다. 치켜뜬 눈빛은 무척이나 강해 보였다. 박보호사는 가장 돌보기 힘든 노인이 필순엄니라고 생각했다. 그녀는 필순엄니의 신경을 건드리지 않기 위해 부드러운 눈빛으로 필순엄니를 내려다보았다

"필순엄니! 아침밥 드시러 일어나세요."

박보호사는 최대한의 낮은 목소리로 미소를 보이며 말을 했다.

필순엄니는 언제나 박보호사가 달갑지 않은 눈치였다. 박보호사는 밤사이 침상에 소변이라도 보았나 싶어 필순엄니의 허벅지 아래로 손을 집어넣었다. 그러자 필순엄니는 눈을 동그랗게 치켜뜨고 박보호사를 향해 발길질하기 시작했다. 욕쟁이 할머니답게 박보호사를 향한 욕은 거칠었다.

"만지지 마! 이년아, 저리 가라고…."

찌푸린 미간은 주먹까지 휘두를 기세였다.

서슴지 않고 내뱉는 욕설은 유독 필순엄니가 박보호사에게만 눈알을 부라리며 하는 말투였다. 그 발길질에 얼른 피하지

못해 가슴팍을 걷어 차이는 적도 여러 번 있었다. 산다는 게 어쩔 수 없어 돈벌이로 하는 짓이지만 식전 댓바람부터 욕을 먹고 난 박보호사는 기분이 좋을 리 없었다.

연달아 허우적대는 필순엄니의 발길질을 향해 박보호사는 더는 참을 수 없다는 듯이 손바닥으로 필순엄니의 발목을 힘껏 내리쳤다. 그리고 목울대가 보이도록 침을 꿀꺽 삼켰다. 두 사람 모두의 얼굴은 심상치 않은 기운이 감돌고 있었다.

그날 아침 박보호사는 아침식사를 위해 필순엄니를 휠체어에 앉히는 일도 쉽지 않았다. 그 필순엄니를 구슬리는 방법은 돈을 좋아하는 필순엄니의 돈지갑을 손에 쥐어 주는 것이었다. 간신히 자리에서 일어난 필수엄니는 기분이 풀리지 않았는지 연신 박보호사를 향해 구시렁거리고 있었다. 오늘 아침만 해도 필순엄니 본인이 숨긴 돈지갑을 못 찾아 실랑이를 벌이다가 뒤늦게 지갑을 받아 들고서야 순순히 박보호사의 말을 들어 주었다.

밤이면 필순엄니는 지갑을 베게 밑에 감추고 나서야 잠이 들었다. 돈 모양을 한 복사한 만 원짜리 가짜 돈을 진짜 현금으로 알고 소중히 여겼다. 그런 모습을 주위에서는 필순엄니가 필경 젊어서 사채업자를 했거나 돈에 한이 생겨 치매가 걸린 노인이라고 요양원 근무자들은 생각했다.

필순엄니는 담당자인 박보호사에게 살갑게 대하지 않았다. 어떤 부탁도 필순엄니는 순순히 들어주지 않았다. 늘 고집불통으로 냉정하게 굴었다. 박보호사와 필순엄니 둘만의 사이에는 이해하기 힘든 미운털이 박힌 것 같았다. 필순엄니는 박보호사가 겉과 속이 다르다고 생각한 것인지 도둑년, 나쁜년이라며 쏘아붙였다. 아니, 무언가 특별한 이유가 있어 보였다.

박보호사는 필순엄니로 인해 아침식사 준비 시간이 길어지자 마음이 다급해지기 시작했다. 침상에서 일어나야 할 노인이 필순엄니 말고도 둘이나 박보호사의 손길을 기다리고 있었기 때문이었다.

박보호사는 늘 쫓기는 사람처럼 마음이 안정적이지 않았다. 종일 요양원을 종종걸음으로 바삐 다녔다. 언제나 이 일을 그만 둘 수 있을지 한심한 자신의 인생이 싫다고 느껴져 수없이 한숨을 내뱉고 다녔다. 같은 일이 반복이긴 해도 치매노인은 그렇게 만만한 상대가 아니었다. 그녀는 이 일을 당장 그만두겠다는 소리는 닫힌 방문 사이로도 들리는 적이 많았다. 그건 치매노인들의 저지레가 박보호사의 일거리를 만들어 놓았기 때문이었다. 한 번씩 박보호사가 화를 참지 못해 본연의 자세를 잃고 내지르는 음성은 문밖으로 짜증스러운 목소리로 흘러나왔다. 그러나 방 안에서의 일은 그 문밖의 사람은 아무도 알지 못했다.

박보호사는 푸닥진 돈벌이로 집안 생계를 책임지고 있는 가장이었다. 늦게 얻은 아들 뒷바라지가 산더미처럼 쌓여 있었고, 사업에 실패한 남편은 빈둥거리며 놀면서 박보호사만 바라볼 뿐이었다.

남편의 사업이 폭삭 망하지 않았다면 이 모양으로 살지 않았을 거란 생각이 들었다. 그녀도 한때는 파독 간호사로 서독을 다녀온 경력이 있었지만, 주사를 놓을 실력은 되지 못했다. 요양보호사란 직업이 아니면 그녀를 받아줄 직장도 없었다.

요양보호사란 명칭을 얻기 전부터 그는 양로원에 들어와 환자들을 돌보는 간병인 일을 하고 있었다. 어쩌면 그가 노인들을 돌보는 방법은 다른 사람들보다 실전에서는 더 수준급이고 베테랑이었다. 그러나 박보호사가 담당하는 방은 언제나 사건 사고가 많은 것이 문제였다.

필순엄니가 요양원에서 생활한 지 3년째 되던 때였다. 어느 날부터 터줏대감인 필순엄니가 오랜 시간 요양원에 보이지 않았다. 필순엄니가 요양원에 보이지 않게 된 것은 고관절에 금이 갔다는 것이었다.

그 일로 담당자인 박보호사는 시설에서 그날 있었던 일들을 변명하느라 바쁘게 뛰어다녔다. 필순엄니 자식들은 모든 상황을 요양원 시설 측이나 박보호사의 잘못으로 책임을 떠밀지 않았다. 필순엄니의 행동이 치매로 인해 과격하다는 생각 때문인지 필순엄니의 부상을 박 보호사의 탓으로 돌리지 않은 것도 그 때문인 것 같았다. 필순엄니의 자식들은 요양보호사 일이 얼마나 힘든지 알고 있는 듯 그녀의 편에 서 주었다.

필순엄니는 병원에서 빨리 요양원으로 돌아오지 못했다. 경과가 좋지 못하다는 이유였다. 박보호사는 갑자기 퇴소할지도 모를 필순엄니의 짐 정리를 하게 되었다. 혹시라도 요양원에서 죽음을 맞으면 입고 갈 수의를 겸한 고운 한복 속에서 지난날 필순엄니가 쓴 수필집 한 권이 나왔다. 물론 수필집이라고 했지만, 그저 인쇄물로 허접하게 만든 그런 책이었다. 그건 필순엄니가 전 남편인 결핵환자를 돌보며 적은 일종의 수기 같은 글 모음집이었다. 그 내용은 아들 하나와 살아남기 위한 필사의 절규가 담긴 글이었다. 필순엄니가 무엇 때문에 돈에 애착을 갖는지 그 이유가 있었고, 또한 욕을 함부로 해대는 무식한 노인네도 아닌 것 같았다. 그가 없는 동안 필순엄니에 대한 오해가 많았던 사람들은 그를 이해하고 다른 시선으로 필순엄니를 바라보는 마음을 갖는 계기가 되기도 했다.

한해를 넘기고 치료를 끝낸 필순엄니는 수척하게 마른 모습으로 다시 요양원으로 돌아왔다.

필순엄니가 병원에 입원하게 된 것은, 박보호사는 화장실에서 필순엄니가 혼자 바닥에 주저앉았다고 했지만 요양원 사람들은 그 말을 그대로 믿는 사람은 없었다. 필순엄니의 고관절이 부서져 수술을 받게 된 것도 박보호사가 필순엄니를 제대로 케어하지 않은 학대라고 생각했다.

모든 진실을 밝히게 된다면 요양원 시설 측에 책임도 따르게 되어 진실을 묻어두는 것 같았다.

필순엄니가 병원으로 이송하던 날도 하루에 한 번 화장실에 가는 게 싫어 심통이 잔뜩 나서 박보호사를 힘들게 했다. 간신히 어르고 달래서 화장실에 도착했지만 육중한 체격은 휠체어에서 일어 세우기도 쉽지 않았다. 필순엄니는 몸무게를 이기지 못해 휘청거렸다. 넘어지지 않으려고 박보호사의 옷자락을 잡으려 허우적거렸다. 순간 박보호사는 자기도 모르게 필순엄니 손을 잡아주지 않은 것이 원인이기도 했다.

그후 필순엄니는 병원으로 이동되어 수술에 들어갔고 오랜 시간 회복되지 못했다. 나이가 많다 보니 회복하는 과정이 빠르지 않았다. 일년이 지나서야 돌아왔다.

고관절 수술을 한 필순엄니는 서고 싶을 때 발조차 디디며 서지 못했고, 자리에 앉고 싶을 때도 맘대로 앉지 못했다. 치료를 끝내고 요양원으로 돌아온 필순엄니는 병원을 다녀오기 전보다 더 심하게 박보호사를 미워하기 시작했다.

허약한 노인들에 비해 필순엄니는 남달리 몸이 무거웠다. 아침에 일어나 휠체어에 앉으면 종일 앉아서 활동했다. 소변도 하루에 한 번만 보았다. 그러나 그 시간을 놓치기라도 하는 날이면 보란 듯이 요양원 거실 바닥을 그냥 오줌 바다로 만들어 놓았다. 그는 요양원 터줏대감이었고, 휠체어에 앉아 오가는 노인들을 향해 못된 행동을 일삼았다.

그 와중에도 무슨 이유인지 필순엄니는 박보호사가 눈앞에 보이면 심술궂게 굴었다. 병원을 다녀온 이후 필순엄니의 인지장애가 더욱 빠르게 나빠진 것처럼 보였다.

그리고 필순엄니의 행동은 어린아이처럼 변해갔다. 필순엄니가 하는 행동은 수술 충격으로 인한 손상 때문이라고 모두 생각했다. 그러나 누구도 필순엄니 행동에는 참견하지 못했다.

조금만 기분이 상하면 식판을 바닥으로 과감히 던지거나 양치질하고 입안에 머금은 물을 요양원 거실로 뿜어 버리는 이상한 짓은 한두 번이 아니었다. 지난번 병원에 입원한 일이 박보호사 때문이라는 생각을 잊지 않고 앙갚음이라도 하는 것 같았다. 필순엄니 눈에 곱다고 생각한 사람은 끝까지 고운 말투였고, 싫다고 느낀 사람은 마주칠 때마다 잊지 않고 사나웠다.

요양원의 저녁 시간은 조금 빠르게 시작되었다.

필순엄니는 수저를 들어 밥 먹는 것을 싫어했다. 오늘도 여전히 손으로 밥을 입안에 집어넣고 있었다. 어린아이가 수저 잡는 법을 알지 못할 때 하는 행동이었다. 저녁을 먹고 있는 그때 필순엄니의 가족들이 요양원으로 들어섰다. 필순엄니가 손가락을 사용하던 손은 얼른 수저를 집어 들었다. 안 그런 척하는 행동이 돋보였다. 손가락으로 밥을 먹는 행동을 가족들에게 보여서는 안 된다는 생각이 들어 보였다.

필순엄니를 향해 걸어오는 가족의 모습이 보였다. 필순엄니의 미소는 이해할 수 없이 밝았다. 마음이 가장 행복할 때 필순엄니가 짓는 그런 표정이었다. 자식을 향한 자상한 엄마의 눈빛이 얼굴에 가득 차 있었다.

하얗게 지워지는 기억 속에서도 절대 잊지 않고 있는 이름을 불렀다. 그는 아들을 향해 손을 내밀고 있었다. 그것은 전 남편의 큰아들이었다. 그 아들이 요양원을 찾아오는 날이면 필순엄니 눈에는 눈물이 맺혔다. 그리고 색동지갑 속에 간직해 둔 돈을 아들 손아귀에 쥐여 주었다. 어렵고 부족하게 키운 아들에게 무엇이든 주고 싶은 마음이 깃들어 있는 것 같았다. 필순엄니는 스스로 지갑 속 그 돈이 가짜 돈인 것도 오래전 알고 있었다. 그러나 그건 필순엄니가 자식에게 베푸는 사랑이고 배고픈 시절 든든한 울타리였던 아들이었기에 그저 베풀고 싶은 마음의 징표였다.

요양원의 아침은 알게 모르게 분주했다. 조식을 먹기 위해 식탁 앞에 모여든 노인들의 부산한 움직임으로 거실에는 소리가 키운 소음으로 소란스러웠다.

새벽부터 소란을 피운 필순엄니는 신노인이 있는 방에서 아침을 먹자며 휠체어에 달린 식판 앞으로 박보호사는 필순엄니 밥상을 올려놓았다.

그리고 박보호사는 신노인이 누운 침상 옆으로 다가가 침대 난간에 달린 자동 스위치 버튼을 눌렀다. 침상에 누워있던 신노인의 몸이 반듯이 세워져 기계 소음을 따라 올라왔다. 움푹 패인 목덜미 사이로 앙상한 목뼈가 드러나 있었다.

신노인의 식사는 죽 한 그릇에 물김치 하나가 전부였다. 그 이상 신노인은 먹지 않았다. 음식물을 목으로 삼키는 식도 기능감소로 식사를 죽으로 이어가고 있었다. 신노인의 죽이 오늘따라 찰지고 존득해 보였다. 박보호사는 신노인을 향해 수저 한가득 죽을 입안으로 떠넣기 시작했다.

신노인의 식사 수발을 들고 있는 박보호사의 머릿속은 식전 댓바람부터 욕을 해댄 필순엄니로 인해 상한 기분이 치밀고 올라왔다. 오늘도 박보호사를 힘들게 한 필순엄니로 인해 그녀가 진땀을 빼고서야 조식이 시작되었다. 거실이 아닌 방에서 필순엄니 식사를 올려놓은 것도, 밖으로 휠체어를 내놓지 않은 것도 박보호사가 필순엄니에게 남모르게 내는 분풀이였다.

박보호사는 신노인의 식사 수발을 들기 위해 곁으로 다가섰다. 그녀의 모습은 지친 모습이 역력해 보였다. 시작부터 심란했던 일상은 모든 걸 놓고 싶은 마음마저 몰고 온 표정이었다. 신노인의 침대 매트리스가 반쯤 세워진 곁으로 박보호사가 의자를 끌어들여 바짝 다가앉았다.

한 수저씩 신노인의 입안으로 죽을 떠 넣었다. 그리고 다시 연거푸 뜨거운 죽을 후후 불어가며 입안에 넣기 시작했다. 박보호사는 신노인이 당연히 죽을 삼키고 있다고 생각했다. 신노인 입안으로 수저를 넣었을 뿐 정성스러운 손놀림은 보이지 않았다.

늘 그랬듯이 박보호사가 시간에 쫓기는 날이면 신노인이 먹던 죽마저 냉큼 치우던 상투적인 행동은 그녀의 본성 같았다. 오늘도 마음은 조급했지만, 다시 한 수저 신노인의 입으로 가져가자 신노인의 얼굴빛이 달라지고 있었다. 그것은 신노인 입에서 죽이 흘러내렸다. 신노인은 숨을 쉬지 못하고 창백한 낯빛으로 변해 가고 있었다.

박보호사는 들고 있던 죽 그릇을 내려놓고 신노인의 입안으로 손가락을 집어넣어 입안의 음식물을 쓸어냈다. 그러나 입안 가득 삼키지 못한 죽은 입술을 타고 흐를 뿐 기도 속의 이물질은 밖으로 쏟아져 나오지 않았다.

박보호사가 다급하게 신노인을 부르기 시작했다.

"엄니… 엄마… 입에 있는 거 뱉어봐요."

당황한 박보호사 이마에는 긴장의 땀방울이 맺히기 시작했다.

신노인을 불러대는 박보호사의 목소리가 커지자 필순엄니는 신노인을 물끄러미 바라보았다. 한동안 신노인을 바라보고 있던 필순엄니는 못 척 태연히 밥을 입안으로 집어넣었다. 필순엄니는 신노인의 표정을 보고 박 보호사를 향해 '저기, 저기'고 작은 소리를 보냈어도 박보호사는 딴생각에 빠져 알아듣지를 못했다.

박보호사가 신노인의 등을 두드리다 말고, 이내 간호 부장을 찾아 뛰기 시작했다. 식당에는 오전 근무자인 간호부장과 몇몇 간호사들이 아침식사를 하고 있었다. 식당 문이 열리자 식당에 있던 사람들은 인기척이 나는 문 쪽으로 고개를 돌렸다. 박보호사가 허둥대며 급하게 들어섰다. 박보호사가 부르는 부장님이란 긴급한 목소리에 간호부장은 튕기듯 자리에서 벌떡 일어났다.

"여사님, 무슨 일 있어요?"

"신어머니…."

박보호사의 목소리에서 간호부장은 순간적으로 사고를 직감했다. 박보호사가 신노인이라는 말이 채 끝나기도 전에, 급히 간호부장은 신노인 방으로 달려갔다. 함께 밥을 먹던 간호사들도 일제히 신노인 방으로 달려가 이런저런 조치를 해보았지만, 결국 신노인은 앰뷸런스에 실려 병원으로 이송되었다. 갑자기 요양원 분위기는 을씨년스럽게 침묵이 흘렀다.

박보호사는 겁에 질려 있었다. 박보호사 자신이 무슨 행동을 한 것인지도 자세히 기억하지 못했다.

오늘 아침 경순엄니가 말했던 시커먼 그것이 불현듯 떠올랐다. 경순엄니가 식전 댓바람부터 무섭다던 검은 그림자는 신노인의 죽음을 직감해서 말한 것 같았다. '조심할 걸…' 박보호사의 심장이 심하게 방망이질을 해댔다. '하나님, 살려주세요. 제발…' 근심은 박보호사 얼굴을 그늘지게 했다. 오랜 시간 치매노인들과 더불어 생활을 하다보니 자신도 그들처럼 병들고 있음을 미처 알지 못했다. 몸도 마음도 바쁘게 서두른 오늘 일은 제발 신노인이 무사히 돌아와 주길 바라는 것뿐이었다.

요양원 사무실로 면담하고 돌아온 박보호사는 남겨진 노인들 돌봄이 손에 잡히지 않아 방안을 서성거렸다.

오랫동안 노인들 돌봄을 해온 박보호사의 불손한 행동은 여러 번 요양원 시설 측으로부터 주위와 충고를 받은 적이 있었다. 그녀의 타고난 성격인지 잘 고쳐지질 않았다. 노인들을 함부로 대하면 훗날 자신도 돌봄이 필요할 때 본인에게 부메랑으로 돌아올 거라는 생각은 하지도 못한 것 같았다. 근본이나 본심은 바뀌지 않는 것도 어쩔 수 없는 일이었다. 그로 인해 박보호사가 담당하는 그 방 노인들의 표정은 늘 밝지 않았다.

병원으로 실려간 신노인은 응급조치를 취했지만, 질식사라는 사망결과가 나왔다. 요양원 근무자들은 입 밖으로 내지는 않았지만 신노인의 죽음은 박보호사가 서둘러 급하게 먹인 식사는 돌봄이 아닌, 일종의 또 다른 학대행위라고 미루어 짐작했다.

신노인이 세상을 떠나고 하얀 홑청이 덮인 침대 매트리스는 흡사 그 자리의 주인을 대신하는 숨결 같았다.

신노인 자식들은 장례를 마치고 마지막 유품을 챙기기 위해 요양원으로 찾아왔다. 신노인이 묵었던 방으로 들어선 딸은 하얀 낯달의 침상을 쓰다듬으며 엄마를 불러가며 꺼이꺼이 서럽게 울기 시작했다.

그의 울음은 슬퍼하는 건지 잘됐다는 건지 구분하기 어려운 힘든 그런 태도였다.

신노인과 함께 살던 아들의 이혼으로 신노인은 마땅히 거처할 곳이 없었다. 그 일로 인해 마음의 병을 얻고 치매가 왔다. 요양원 생활은 순조로운 듯했지만, 집으로 돌아가고 싶다는 집착은 종일 밖으로 나갈 문을 찾아 요양원을 헤매고 다녔다. 결국 신노인이 식음을 전폐하면서 급격히 병세가 악화하여 갔다. 조금씩 야위어 가던 신노인은 거동마저 하지 못했고 끝내 신노인의 마지막 생을 밀어내고 말았다.

신노인이 묵었던 방은 관찰 카메라가 없었다. 노인들 사생활 보호 차원에서 요양원 어느 방에도 카메라를 달지 않았다. 어떤 방법으로 질식을 했는지조차 알 길이 없었다. 단지 박보호사가 말하는 진술을 믿는 게 전부였지만, 이번 일만큼은 그리 허술하게 박보호사의 편이 되어주지 않았다. 박보호사는 절대 급하게 음식을 주지 않았다고 반박했다.

그러나 신노인의 자식들은 그녀의 반박에도 불구하고 박보호사를 처벌해 달라는 소장을 법원에 제출했다.

맞은편에서 밥을 먹고 있던 필순엄니만이 그날 그 방에서 무슨 일이 있었는지 박보호사의 행동을 알 수 있을 정도였다. 그러나 필순엄니의 상태가 그 지경이니 신빙성이 없는 말이었다.

신노인의 사망으로 관내 경찰서는 요양원으로 한동안 들락거렸다. 요양원 사각지대에서 일어나는 노인학대 행위는 요양보호사로 인해 인권이 없는 행동을 일삼고 노인에게 하는 행동 하나하나가 기억을 소멸하고 있는 노인들의 편안한 휴식에 오히려 고통을 동반시켜 마음을 빼앗아 버린다고 수사관은 말했다.

박보호사는 업무상 과실로 진술서 작성을 위해 경찰서를 오갔다. 그녀는 그후 주의의무 위반이라는 금고형 집행유예 선고를 받았다는 소문이 들려왔다.

박보호사와 신노인이 요양원을 떠나고 요양원에서는 안전관리 교육을 실행했다.

요양보호사가 노인들을 돌보는 일은 요양보호사와 노인이 함께 공존해서 남은 생을 잘 지켜주는 일이다. 중증 치매노인 대소변을 치우는 일부터 심각한 어려움이 따르는 일이 많다. 요양보호사를 옛날 식모 취급을 하는 노인들도 간혹 있다. 편마비 환자의 경우 몸을 마음대로 움직일 수 없기에 본인의 괴로움은 우울증으로 힘들어진다. 간혹 요양보호사의 돌봄이 마음에 들지 않는다고 해서 보호사를 대하는 태도 또한 함부로 막말을 일삼아 정신적 피해를 주기도 한다.

요양원 시설 측은 노인들 돌봄에 불만을 최소화하는 방법으로 내 부모를 섬기듯이 사랑을 담아 케어해 준다면 서로 말하지 않아도 마음이 전달되는 신뢰가 쌓인다고 요양보호사들을 모아놓고 교육 겸 당부도 잊지 않았다.

신노인이 사망하고 나서 사회복지 시설은 급속히 달라져 갔다. 관련 법규화 지침서가 생겼고 사회복지 시설 안전교육이 실행되었다.

박보호사를 알고 있는 요양보호사들은 그녀 같은 잘못된 행동은 노인들에게 절대 하지 말아야 할 일침으로 교훈 삼았다.

오늘도 요양보호사들은 싸늘한 가슴에 얹었던 손을 바로 모아 불순물로 얼룩진 치매노인의 침상을 따스한 마음으로 뒤척이고 있다.

동강난 수막새

나쁜 년.

그랬다. 그건 나종필이 입버릇처럼 달고 부르는 아내 이름이었다. 코흘리개 어린아이들을 재우고 있는 나종필의 입에서는 더운 열기가 풀풀 나는 욕지거리를 연신 내뱉고 있었다. 이제 겨우 일곱 살, 다섯 살 아이들을 두고 집을 나가버린 아내의 이름을 언제부턴가 나쁜 년으로 불렀다.

그는 방금 잠든 아이들의 방문을 닫고 툇마루에 나와 걸터앉았다. 날카로운 초승달이 뜬 가을밤은 풀벌레 소리가 처량하게 들려왔다. 그는 담배 한 개비를 꺼내 물었다. 벌겋게 타들어 가는 긴 담배의 재를 멍하니 바라보고 있자니 참았던 울화통이 터지며 마음을 주체하지 못하고, 방금 불붙인 담배를 마당을 향해 휙 던져버렸다.

"염병할! 도대체 내가 뭔 죄를 졌다고 새끼들을 두고 어딜 기어나가."

애당초 인물은 보는 게 아니었다고 혼자 자책을 해보았지만 곱게 생긴 그녀의 외모에 홀딱 반해버린 나종필 자신이 지금은 등신 같아 보였다. '이쁜 것도 죄여, 죄' 그가 아내를 향해 불만을 중얼대자 다시 피워 문 담뱃재가 무릎 위로 흩어져 내렸다. 나종필은 벌떡 일어나 타다 남은 담배를 흙바닥으로 냅다 던져 신발 끝으로 짓이겨 버렸다.

아내를 처음 보았던 그 순간이 달빛 속에서 슬며시 다가왔다. 나종필이 군대를 제대하고 집에서 일년을 빈둥대는 시간이 있었다.

그의 나이 스물다섯, 아직은 군기가 빠지지 않은 패기 많은 청년은 우연히 길에서 마주친 그녀를 보는 순간, 그는 그녀가 운명 같은 여인이라는 생각이 들었다. 해서 나종필은 무작정 그녀를 따라갔지만 보기 좋게 그녀에게 냉대를 당하고 말았다. 그러나 나종필은 끝내 포기하지 않았다. 그녀의 퇴근 시간에 맞춰 늘 같은 장소에서 그를 기다리기 시작했다. 어쩌면 나종필의 행동은 스토킹과 같은 것이었다. 그녀가 그를 보거나 말거나 개의치 않고 그렇게 같은 장소, 같은 자리에는 늘 그가 서성대고 있었다. 그는 그녀의 그 냉랭했던 태도를 보란 듯이 반듯이 꺾어 버리고 말겠다는 오기가 한 몫을 더했다. 그렇게 보름이 지나고 다시 한번 나종필은 그녀에게 말을 건넸다.

"이젠 얼굴도 익혔으니 연락처 좀 주실래요."

용기를 내어 그녀에게 말을 걸던 날은 군인의 티를 제법 벗은 잘생긴 청년의 차림새로 정중하고 예의 있게 행동한 나종필에게 그녀는 뭔가 진정성이 있다고 생각했는지 잠시 머뭇거리다가 자신의 집 전화번호를 알려주었다. 그는 그녀의 집 전화번호를 머릿속으로 외우며 집으로 돌아오는 길은 천하를 얻은 기분이었다.

나종필이 백수 생활 중에 얻은 건 떠나간 여자, 문정순이었다.

다행히도 나종필의 집은 가산이 넉넉했고 그 넉넉한 재산 덕에 그가 급하게 돈벌이를 하지 않아도 될 만큼 뒷받침이 되었기에 어머니는 모자람이 없이 아들의 용돈을 조달해 주었다.

취직할 생각이 없는 나종필이 빈둥대며 놀던 일년을 지켜보던 그의 어머니는 아들 나종필에게 작은 슈퍼 하나를 차려주었다. 그간 아들이 만나는 여자도 있다고 하니 부모 마음으로서는 자식에게 자수성가를 할 수 있는 길을 터주는 역할이라고 생각했다. 나종필이 문정순과 결혼을 하고 작은 구멍가게는 슈퍼라는 이름으로 조금씩 규모를 갖추어 갔고 사는 형편은 날로 좋아졌다.

나종필이 운영하는 슈퍼는 터가 좋은 곳이라는 생각이 들었다. 새롭게 조성된 동네 중심에 자리한 가게는 아내를 만나면서 날로 번창했다. 그래서 그가 차린 두 번째 사업체가 바로 슈퍼보다 큰 신진마트라는 대형 마트였다. 각양각색의 물건들은 그곳 마트 한 곳에서 모두 사갈 수 있도록 규모를 갖춘 가게였다.

그동안 나종필이 아내와 노력한 부지런함과 성실함이 진열

장에 전시되어 있었다. 예전보다 두 배나 바쁜 만큼 수입도 곱으로 쌓여갔다. 아내는 정신없이 사는 생활 속에서도 남매를 낳았고, 남편 나종필에게도 고분고분한 여자였다. 여자가 잘 들어오면 집안이 흥한다는 소리가 맞는 것 같다는 생각에 그는 늘 콧노래를 부르며 다녔다.

집안에 모든 재정 관리는 아내인 문정순이 맡아 했다. 그만큼 아내는 셈에도 확실했고, 뿐만 아니라 나종필이 의심할 만한 행동은 하지 않았다. 지금의 마트라는 이름으로 큰 건물 임대를 하기까지도 모든 것은 아내의 공이 컸다. 그래서 나종필 역시 아내가 무엇을 하던 큰 신경을 써서 만류하거나 잔소리를 해본 적이 없었다.

요즘 들어 아내의 얼굴 화장이 짙어지고 전과 다르게 옷차림새가 세련되게 바뀌는 그녀의 모습 말고는 딱히 뭐라고 나무랄 것이 없었다. 그간 고생한 아내도 돈이 생기면 하고 싶은 것은 하고 살아야 한다는 생각이 들었기 때문이었다.

예로부터 여자는 예뻐야 한다는 마음은 한결같았다. 나종필은 고리타분한 성격도 아닌 데다 그런 아내가 싫지 않았다. 아내가 예쁘다는 소리를 종종 들을 때면 그도 기분이 좋았다.

그렇게 별 탈 없이 지내던 아내가 어린아이들을 두고 갑자기 집을 나가버린 이유는 뭘까? 도무지 알 수가 없었다. 고된 일상이 그녀를 세상 밖으로 불러낸 것인지, 아니면 나종필이 알지 못하는 일이 있거나 입 밖으로 내뱉지 못한 불만이 쌓였던 것을 일부러 숨겨온 아내의 행동이 도대체 나종필로서는 종잡을 수 없었다.

갑자기 말수가 적었던 그녀의 미소가 떠올랐다. 아내가 없는 집안 꼴은 정신이 없었다. 준비되지 않은 빈자리. 그거야말로 집안은 엉망이고 난장판이 따로 없었다. 아내를 찾는다고 마트를 비울 수도, 집을 지키고 있을 수도 없는 나종필의 일상은 처가로 전화를 해서 아내의 소식을 묻는 것 외에는 달리할 수 있는 게 없었다.　그는 매일 궁금증으로 시작해서 하루에도 몇 번씩 천당과 지옥을 왔다갔다 하며 속으로 끌탕을 했다.

오늘은 왠지 집으로 가고 싶었다. 지금 당장이라는 생각이 들자, 마트와 그리 멀리 않은 그의 집을 향해 잰걸음으로 발길을 재촉했다. 비스듬히 열린 대문으로 눈길이 쏠렸다. 불안한 생각은 적중을 했다. 그의 아내는 허겁지겁 타고 온 승용차 안으로 짐 가방을 싣고 있었다.

그 광경을 보는 순간 나종필은 온 힘을 다해 아내가 서 있는 승용차를 향해 달려가기 시작했다.

"야, 거기 서. 거기 서지 못해!"

숨을 헐떡이며 달려드는 나종필을 향해 그의 아내는 사색이 된 얼굴로 달려드는 나종필을 멍하니 바라볼 뿐 더 이상한 발자국도 움직이질 않았다.

그녀는 설마라고 생각한 것처럼 보였다. 나종필의 하루 중

마트가 가장 바쁜 이 시간에 집으로 올 거라는 생각을 그녀는 상상도 못한 표정이었다.

아내는 아무런 언질도 없이 집을 나갔지만 필요한 물건들을 챙기려고 살며시 들린 것 같았다.

나종필의 표정이 일그러지며, 순간 그의 손아귀에 힘이 들어갔다. 쏜살같이 달려가 아내의 팔목을 잡는다는 것이 바트게 휘어 잡힌 블라우스가 찢어지며 서너 개의 단추가 바닥으로 떨어졌다. 그는 개의치 않았다. 그리고 잡고 있던 그의 아내를 힘껏 바닥으로 내동댕이쳤다.

"이유를 말해, 뭣 때문인지? 너는 어린 새끼들이 불쌍하지도 않아?"

반 울음이 섞인 나종필의 흥분한 목소리가 쩌렁쩌렁 동네를 울렸다. 그리고 독한 년이라고 욕설을 내뱉었다.

그의 아내는 찢겨 진 블라우스를 움켜잡고 쏜살같이 일어섰다. 선량했던 눈빛은 표독스러운 살기로 변했다. 그리고 아내는 입을 열었다.

"난 당신이 싫어. 니가 싫다고… 니 새끼니까 니가 키워, 당신이랑 사는 게 지겨워."

"…뭐라?"

난데없는 그녀의 반박에 할 말을 잃은 건 나종필이었다.

"그래… 살지 마라. 바람이 나도 단단히 난 너랑은, 나두 살기 싫다!"

아내가 타고 온 승용차는 시동이 꺼져 있었다.

조용히 운전석에 앉아 나종필과 그녀의 행동을 말리지도 않고 바라보던 남자의 모습이 나종필의 섬뜩한 눈빛 속으로 빠르게 들어왔다. '저놈을 어디서 봤더라' 그는 화풀이로 승용차의 옆 문짝을 냅다 걷어차며 아내를 향해 그놈이 저놈이냐 하며 소리를 쳤다. 그러나 그 남자는 차 안에서 미동도 하지 않았다. 그는 승용차 손잡이를 당겼다. 아내가 타고 온 승용차 안의 남자를 밖으로 끌어내린 나종필은 그 남자를 두들겨 패버리며 한바탕 소란을 피웠다.

나종필이 이리저리 폭력을 가하면서도 얼핏 바라본 그 남자의 모습은 말쑥하여 지금에 나종필의 외모와는 비교도 되지 않았다. 파리가 미끄러질 것 같은 검정 구두와 칼주름이 잡힌 슈트도 폼이 났다. 나종필이 잡고 흔든 옷과 유리알 같은 그 남자의 신발은 흙먼지로 엉망이 되었다. 나종필이 감정을 주체하지 못해 씩씩거리는데 갑자기 그의 머릿속에 그 남자의 정체가 떠올랐다.

"어! 너, 우리 가게에 자주 오던 그놈이지? 한강 카바레 제비."

나종필과 실랑이를 벌이던 아내와 그 남자는 잽싸게 승용차를 몰고 나종필의 눈앞에서 멀어져 갔다. 나종필은 아내와 마주친 짧은 시간은 적과의 육박전 실랑이로 마지막 모습을 대하고 끝났다.

그렇게 아내가 떠나가고 그의 하루는 사는 게 사는 것이 아니었다. 그는 매일 술타령으로 시간을 보내며 지냈다. 그의 입에서 취기가 오를 때면 '나쁜 년'이란 소리를 입에 달고 다녔다. 나종필의 머릿속에서 지워지지 않는 것은 도망치듯 달려가는 승용차 속의 두 사람 모습 때문인지 자신의 인생이 초라하고 억울하다는 생각이 들었다. 더구나 아내로 인한 소문 탓인지 그의 마트도 예전같이 사람들로 북적대지 않았다.

늦겨울이 시작되면서 거리에는 사람마다 옷차림이 두툼해지고 있었다.

손님들이 마트 문을 열 때면 찬 기운이 황소바람을 밀고 들어왔다. 이것저것 바구니 속에 물건을 담아 계산대 앞으로 다가선 선욱이 엄마는 나종필을 향해 물었다.

"사장님 가게는 그 여자한테 돈 빌려준 거 없죠? 요즘 이 동네 난리 났잖아요."

혹시나 하는 마음에 나종필은 아내 얘기라도 나올까 싶어 선욱이 엄마라는 여자를 향해 무슨 일이 일어났느냐고 물어보았다. 다행히 마트에는 손님이 별로 없어 둘은 이야기하기가 편했다.

아내는 도망간 그 여자한테 계를 들었을 거라는 말을 선욱이 엄마가 넌지시 나종필을 향해 던졌다.

"무슨 계요?"

"요즘 그런 거 안 하는 사람이 어디 있어요? 장사하는 사람들은 당연히 큰돈 모았다 급할 때 쓰려고 그런 거 하는 건데,

사장님은 몰랐어요? 마트 사모님도 엄청 많은 계를 들었을 걸요."

나종필은 하늘이 샛노래지는 기분이었다.

"근데 사모님 어디 가셨어요? 요즘 통 안 보이네요."

나종필은 가슴이 철렁 내려앉았다. 아내가 집 나간 걸 모르는지, 아니며 떠도는 소문을 몇 마디 듣고는 던지는 말인지 알 수가 없었다.

엎친 데 덮친 격이 돼버린 상황은 아내가 집을 나간 것도 이런 소란이 날 걸 미리 알고, 그 곗돈을 챙겨 제비 놈하고 줄행랑을 친 것 같았다. 아내가 셈 하나는 확실하다고 믿었는데 이제 보니 그것도 모르는 일이었다.

선욱 엄마가 동네에 나도는 소문을 들려주고 돌아가고 난 후, 나종필은 자기의 재산이 얼마나 있는지도 걱정이 되었다.

아니나 다를까, 선욱 엄마가 들려준 동네 소문대로 나종필이 살고 있는 동네 사람들은 너무나 큰돈을 잃고 울고불고 난리가 아니었다.

그리고 한 달이 지났을 무렵 새마을금고에서 융자를 얻어 확장을 했던 나종필의 마트도 원금을 상환하지 못해 고스란히 빚더미에 올라앉았다. 나종필은 나머지 모든 재산을 정리하고 이사를 하기로 결정했다. 어려서부터 잔뼈가 굵은 터전이었다. 그간 그가 살아왔던 이곳을 떠나서 조용히 살고 싶다는 생각이 간절해졌다.

나종필은 아이들을 데리고 살던 동네를 떠났다. 아주 먼 곳으로 가고 싶었다. 그러나 아이들의 교육문제도 있고 하여 서울 근교 수도권으로 자리를 잡았다. 부모님이 하던 의류 도매상을 그곳에서 작게 시작해 보자는 의도가 있었다. 아내가 없는 자리는 나종필보다는 아이들에게 그 자리가 가장 절실한 시기였지만 두 남매는 엄마라는 자리가 비어 있어도 잘 자라 주었다.

한순간에 보이지 않는 엄마가 미웠을 법도 한데 일찍 철이 들어버린 아이들은 절대 엄마에 대해 나종필에게 묻지 않았다. 그런 아이들을 위해 더 많이 사랑하고 헌신하며 살겠다고 다짐하면서도 나종필은 밤마다 술잔을 기울이지 않고서는 잠들지 못했다.

마트를 접고 시작한 의류 사업은 호황의 때를 만나 납품을 재촉하는 도매상들로 눈코 뜰 새 없이 바쁘게 돌아가고 있었다. 신개발 품으로 섬유 직물에 원하는 그림을 페인팅한 옷을 만들어 냈다. 그가 운영하는 공장은 많은 사원들이 늘어났다. 봉제공장이라고 부르는 작업장은 먼지가 풀풀 나는 지하실에 자리를 잡고 있었지만, 불만을 가진 사람은 없었다. 그만큼 나종필은 벌어들인 만큼 복리후생을 철저히 하고 사원의 월급을 넉넉히 지급하며 공장을 운영했다. 힘들게 살아가는 것이 어떤 것인지 절실히 느껴본 탓에, 그의 공장은 어려운 환경에 처한 사람들과 함께 벌어서 나누는 일이라고 생각했다. 나종필이 과거를 생각할 틈도 없이 시간은 바쁘게 지나갔다.

인천 앞바다가 사이다라도 고뿌가 없으면 못 마신다는 웃으겟 노래가 라디오에서 들려왔다. 밀려드는 일감으로 납품기일을 맞추느라 그는 봉제공장에서 매일 살았다. 종일 들려오는 음악 소리를 들으며 위안을 받은 탓인지, 본인의 인생도 새옹지마라는 생각이 들었다.

엄마가 없이 자란 딸은 스무 살이 넘자 일찍 남자를 만나 결혼을 했다. 첫딸은 살림밑천이라고 했던 것처럼 딸 노릇을 톡톡히 하는 자식이었다. 큰아이는 혼자 살고 있는 나종필에게 늘 밑반찬을 준비해서 냉장고에 가지런히 넣어 주었다. 나이가 들자 의존 자체가 신세를 지고 사는 것 같아 미안했다.

나종필이 쉰도 안 된 나이였다. 여자를 만나 함께 살아보려고 했으나 요즘 여자들은 애들이 있고 돈이 없으면 함께 살겠다고 달려들지 않는 판국이었다. 그래서 번번이 여자와의 재혼은 친구 이상 발전하지 못하고 틀어지는 것이었다. 또한 지랄 맞은 나종필의 성격도 문제였다. 풀어내지 못한 화병으로 소리를 질러대고 몇 십년 마신 소주의 힘을 빌려 한탄을 자아내게 했다. 그럴 때면 만나던 여자들은 그의 곁을 떠나갔다. 그래도 도저히 술을 끊고서는 살 수가 없었다. 그는 살 때까지 살다 죽는 날이 오면 그게 최선의 삶이라고 입버릇처럼 말하고 다녔다.

세월에는 장사가 없는지 나이가 들자 그도 예전처럼 활기차지 않았으며 무기력증이 오기 시작했다. 그런 나종필을 위해

토요일 저녁은 자식들이 나종필과 날짜를 정해 밖에서 식사를 하기로 정한 날이었다.

그의 아들 차가 나종필을 태우고 서서히 움직였다.

골목을 빠져나가는 승용차 안에서 나종필은 자식들에게 짐이 되지 않는 방법을 생각했다.

빚더미 마트를 접고 아이들을 데리고 이사를 하던 생각이 떠올랐다. 그땐 마음도 추웠고 의욕도 없었다. 아이들은 고생하며 컸어도 지금은 대견하고 자랑스러웠다. 아내 없이 살던 그의 집은 결손 가정이 되었지만, 나종필의 자식들은 표정이 밝았다.

마음이 애어른 같아 속이 깊었다. 고생하는 아버지 나종필의 뜻을 한 번도 거슬리지 않고 자라주었다. 그것만으로도 그는 너무나 감사했다. 엄마의 사랑을 받지 못하고 성장하는 안타까움. 그런 아픈 사랑의 밑바탕에는 나종필의 어머니가 곁에 있어 견딜 수 있었고 버텨낸 것 같았다.

나종필은 순간 어머니가 그리워졌다. 내리사랑은 있어도 치사랑은 없다고 하지만 자식들과 함께하는 일주일의 외출은 늘 흐뭇했다.

나종필의 나이도 이제는 고희를 넘긴 나이가 되고 보니 돌봄을 받는 건 본인이 되었다는 생각이 들었다. 예전처럼 발걸음도 가볍지 않았다. 하나씩 늘어나는 약 봉투를 볼 때마다 허탈한 생각이 들었다.

만약 그가 몹쓸 병에 걸려 시간을 연장한다면 생명을 연명

하지 않겠다는 서명을 미리 해두었다. 부모가 자식의 인생에 불편을 주는 것은 자식들에게 또 다른 고통이라고 여겼다. 그러니 사는 날까지 소중히 살다 죽을 때도 쉽게 떠나자는 그의 생각이었다.

승용차는 주차장 바닥에 깔린 자갈을 밟아대며 후진을 하자 살짝 졸음이 오려던 눈을 비비며 그는 자세를 고쳐 앉았다. 풍광이 좋은 음식점이었다. 아이들을 따라 들어간 곳은 전통 일식집이었다. 아들의 제안으로 모처럼 외식을 하기 위해서였다.

예약석이라고 적힌 일식집 식탁은 거창하게 차려져 있었다.

커다란 접시 위에 난 꽃잎으로 장식을 두른 횟감들이 겹겹이 얹어져 먹음직스러웠다. 다른 날과는 조금 다르게 오늘은 나종필의 생일상을 받은 기분이 들었다.

순서대로 나온 음식을 반쯤 비웠을 때 말수가 적은 아들이 아버지를 향해 말을 건넸다.

"아버지, 혼자 사는 거 힘들지 않으세요?"

뜬금없이 던지는 소리가 아닌 것 같았다.

"여태 혼자 산 걸 이 나이에 할망구라도 얻어 살까?"

나종필은 아들의 물음에 실없는 소리를 받아치기라도 할 것처럼 되받아넘겼다.

"그 뭐…."

아들이 잠시 머뭇거리자,

"왜? 무슨 소리 하려고 그래?"

나종필의 물음에 이번에는 조용하던 딸아이가 입을 열었다.

"아버지, 그냥 들어보세요. 화내지 마시고요. 이제 연세도 있고 몸도 예전 같지 않으니 엄마랑 같이 사시는 건 어때요?"

엄마라는 말에 나종필은 피가 거꾸로 솟는 것 같았다. 엄마란 나종필의 도망간 아내를 일컫는 말이었다.

"니네들, 지금 미친 거 아니야… 어디다 그 여자를 입에 올려. 그 여잔 너희 엄마가 아니야."

나종필은 조금 전 입안에 넣었던 음식들을 모조리 뱉어버리고 싶었다. 그리고 그의 눈가에는 자식들을 향한 배신감이 밀려들었다. 나종필이 전처에게 당한 배신 때문에 얼마나 많은 시간 속앓이를 했는지 자식들은 모르고 있었다. 그때의 감정이 자식들에게 불같이 다시 일어났다.

어떤 남자와 어떤 모습으로 나종필 눈앞에서 사라졌는지를 나종필은 한 번도 자식들에게 아내의 부정행위를 입 밖으로 내놓지 않았다. 그건 그에게도 자식들에게도 상처라는 생각에 꼭꼭 숨겨둔 비밀문서처럼 펼쳐놓지 않은 얘기였다. 자식들이 생각하는 엄마는 그냥 엄마라는 이름으로 존재하라는 의미도 있었다.

"너희들 엄마를 만나고 다녔니?"

나종필은 무겁게 입을 열었다.

"네, 만났어요."

딸아이가 조용히 입을 열었다. 고등학교 때 학교 앞으로 찾아온 엄마를 그때부터 만나기 시작했다는 것이었다. 아버지가 알면 요절날 일이지만 한 번씩 만나면 용돈을 받고 분식집에서 음식을 먹고 헤어졌다는 것이었다.

오랜 시간 혼자 살아온 아버지가 안쓰러워 자식들은 한 번쯤 친엄마와 재회를 권해 보는 것도 괜찮겠다는 생각에 넌지시 꺼내 본 말이었다. 그러나 그들은 나종필이 얼마나 아픈 손가락을 싸매고 살았는지 모르는 것 같았다. 엄마가 없는 자리는 빈방에 웅크린 채 잠든 남매의 모습만으로도 평생 잊지 못할 한으로 자리 잡고 있었으니, 자식들의 말이 통할 리가 만무했다.

옛말에 여자가 바람이 나면 아이가 붙잡고 잠든 엄마의 저고리 옷고름도 가위로 자르고 나간다는 말을 그의 어머니가 나종필에게 위안 삼아 들려주었다. 그러니 집 나간 여자는 잊으라는 충고였다. 지금 그런 나쁜 년을 다시 받아주라고 권하는 그의 자식들은 노후에 애비를 돌보기 싫어 수작을 피우는 것이란 생각에서 괘씸하고 한심하다는 생각이 들었다.

"천만에 말씀, 난 죽어도 그 여자랑 살 생각이 없어. 언제부터 니들 엄마를 만나고 다녔는지는 몰라도 다시는 그런 말 하려거든 니들도 내 앞에 나타나지 마라."

나종필은 먹던 음식을 멈추고 벌떡 일어섰다.

"내가 죽어도 혼자 죽을 테니 니들 신세질까 봐 걱정도 하지 마."

나종필의 거친 숨소리가 들려왔다.

그는 갑자기 자리에서 일어서려다 휘청하며 상위로 손을 짚어 버렸다. 놀란 자식들이 벌떡 일어나 나종필의 어깨를 부추겼다. 나종필은 자식들의 손을 단번에 뿌리쳐 버렸다.

혼자 사는 아버지의 여생이 적적해 보여 홀로 지내기보다는 그래도 친엄마와 함께 있다면 조금은 외롭지 않을 것 같아 넌지시 꺼내 본 소리였다. 그러나 의외로 아버지가 친엄마를 너무 많이 증오하고 있다는 것도 자식들은 오늘 처음 알게 되었다. 나종필의 전처도 자식들에게는 지나간 이야기를 들려주지 않은 모양이었다.

그렇게 자식들이 어렵게 꺼낸 말들은 모두 수포가 되어버렸다.

자식들과 헤어져 집으로 돌아온 나종필은 벌러덩 방바닥에 누웠다. 용서를 할 수 있는 건 신이란 존재나 하는 것이라는 생각이 들었다. 그는 본인이 신이 아닌데 무슨 용서를 할 수 있을지 웃음이 났다. 또한 마음 한 구석은 전처의 잘못만도 아니었다는 생각도 들었다. 시간이 지나고 보니 나종필 자신도 전처를 위해 별로 잘해준 게 없는 것 같았다. 머슴처럼 종일 일만 시켰고, 그건 나종필 역시도 살기 위한 수단으로 밤잠을 설치며 고생한 일상이라고 생각했지만, 살기 위한 수단이었어도 그건 나종필이 전처 마음을 모르는 오해였다. 전처에게 그와 사는 게 행복한지도 물어본 적도 없었다.

그러나 지나간 순간을 생각하면 넌더리가 났다. 나종필의 전처가 아이들을 매몰차게 버리고 집을 나간 후 승용차를 몰고 왔던 남자는 나종필에게 흠씬 두들겨 맞고 아내와 사라진 뒤, 그의 전처는 그 남자의 딸아이를 하나 낳았다는 소문을 들었다. 그리고 긴 시간 전처에 대한 별다른 소문은 듣지 못하고 살았다. 내 자식을 버리고 나가서 남의 자식을 낳고 키우고 있는 전처가 짐승만도 못하다는 생각에 아내를 향해 실컷 저주를 퍼부은 적도 있었다.

나종필은 썩어 문드러진 가슴을 숨기고 살았다. 홀아비가 어렵게 키워놓은 그 자식들이 그간 친엄마를 만나고 다녔다는 게 그의 마음을 더욱 흔들며 혼란스럽게 했다.

방바닥에 누운 등짝으로 서늘한 냉기가 타고 들었다. 나종필의 귓불 아래로 눈물이 골을 타고 흘러내렸다. 자식들을 모두 잃은 것 같은 기분은 뼈가 시리도록 허전했다. 자식들을 출가시키면서 느끼지 못했던 빈둥지 증후근이 갱년기를 맞은 여인네 심정같이 밀려들었다.

자식들이 고등학교 때부터 나종필 몰래 전처와 내통 했다는 생각이 들자, 그의 입에서는 그간 잊고 있었던 나쁜 놈들이라는 소리가 불쑥 튀어나왔다. 그건 전처와 자식들을 싸잡아 내뱉는 욕설이었다.

그리고 그 시절 나종필이 겪은 아픔이 시리게 심장을 조여왔다. 지금껏 살아온 그의 정체성에 대한 상실감이 공허하게 밀려왔다. 그는 벌떡 일어나 냉장고 문틈에 끼워둔 소주를 꺼내 벌컥벌컥 순식간에 반병을 비워버렸다. 그래도 그의 마음은 가라앉을 기미가 보이지 않았다. 그건 자식을 사랑으로 돌보는 시대는 끝났다는 절망이 그에게 다가왔기 때문이었다.

혼자 늙어가는 자신에게 전처와 함께 살아보라고 권하고 싶은 자식들의 이유가 있을 것 같았다.

나종필은 자식의 생각을 들어보고 싶었다. 그가 마음을 가다듬는 시간은 달포가 지나서야 자식들을 불렀다. 전처의 현재 상황을 딸에게 듣고 난 나종필은 얼마간 망설이다 고민해 보겠다는 말을 남겼다. 자신은 전처에 대한 미련이 없을지라도 자식들에게는 경우가 다를 수 있기에 자식들의 마음을 먼저 존중해 주기로 생각했다.

딸아이가 다녀간 뒤로 나종필은 더 큰 고민에 쌓여가기 시작했다. 전처가 재혼한 사람은 이미 세상을 떠난 지 오래되었다고 했다. 전처도 나종필과 비슷한 처지로 혼자 지내는 것을 보자 자식으로서는 같은 집에서 부모가 같이 사는 것도 위로가 될 것 같아 의견을 물어보았다고 했다.

어린 자식을 버리고 떠났으면 보란 듯이 잘살 일이지, 이제 늘그막에 혼자되어 탈 없이 지내고 있는 나종필 자식들의 집으로 돌아왔는지 전처가 괘씸했다. 나종필의 마음과는 달리 낳은 정, 아니 엄마라는 이름은 그의 자식들 가슴에는 그리움이었다는 생각이 들었다. 엄마의 얼굴을 분명 또렷이 기억할 나이었으니 그럴 만도 할 것 같았다. 나종필의 세월은 이제는 전처와 지나간 흔적일 뿐 자식들은 이해하지 못하는 깨진 부부만의 갈등, 그 감정은 나종필 외에 그 누구도 알지 못했다.

모르는 것은 알지 못하는 것에 비하면 마음이 편한 법이다. 그러나 알고 있는 것을 모르는 척하는 것은 마음이 편치 않아 속 시끄럽게 불편했다. 그가 하루하루 불편한 마음이 생긴 건 전처에 대한 이야기가 오가고 난 후 나종필이 더 큰 고민에 빠진 이유가 되었다. 그의 생각은 혼자 사는 게 편하다고 주장했다. 그러면서도 자신의 진심이 무엇인지 가끔씩 헷갈리며 그렇게 미웠던 전처에게 서서히 연민의 감정이 생기는 것 같았다.

천년만년을 잘살 것같이 떠났어도 마지막은 혼자 돌아온 전처의 빈손, 이제라도 잡아줘야 하는 건지 아닌 건지도 마음이 혼란했다. 부부로 만났던 문정순과 나종필의 운명은 태어날 때 붉은 홍연을 묶고 만났을지라도 그의 마지막 인연만큼은 그 여자가 아니기 바랬다. 전처를 아이들의 엄마라는 이유로 받아들인다면 둘의 사이가 아무래도 섬서*할 것 같았다.

(아니 그럴 수는 없어-)

마음은 입을 통해 혼자 말을 했다.

그가 당한 고통은 가슴속에 앙금처럼 쌓여있어 아직도 용서할 수 없었고, 마음도 용서할 준비가 되어 있지 않았다는 걸 느꼈다. 그러나 나종필이 고독하게 혼자 살다 생을 마감하면 자식들에게 큰 짐이 될 것 같아 부담스럽다는 생각도 들었다.

그럴수록 그는 마음이 우울해졌다. 나이가 들수록 친하게 지내고 싶은 사람은 더욱 만나기 힘든 시기가 되었다. 한두

해 늘어가는 건 약 봉투뿐 종종 만났던 지인들의 부고 소식을 들을 때면 백 살 넘게 살 거라는 안일한 말들이 부담스러웠다. 내일에 대해 한치 앞도 장담할 수 없는 오늘이 그에게는 가장 소중한 시간이라는 생각이 들었다.

그나마 다행인 건 아직도 나종필 자신은 혼자 먹고 살 수 있는 돈벌이를 할 수 있다는 것이었다. 전처와 함께 있다고 해도 충분히 두 사람은 자식들에게 손을 벌리지 않아도 살아갈 수 있으니, 자식들은 제 어미를 아버지 곁에 있게 하는 것도 자식들 나름대로 고민을 덜고 부담을 줄이는 일이라는 생각이 들었다.

전처를 받아들여 같이 산다면 예전과 같은 마음은 아닐지라도 최소한 나종필 혼자 밥을 차려 먹는 쓸쓸한 일은 없을 것 같았다. 하지만 전처와 산다면 지난날 아내의 부정행위가 순간순간 마음에서 떠오를까 걱정이 앞섰다.

그러나 한때 혼을 다해 그녀를 사랑했던 생각의 조각들이 퍼즐이 되어 다시 사랑을 그려내는 감정들이 뭉게구름처럼 살살 피어 올랐다.

그 해 무덥던 여름은 열대야의 심한 열기를 거두고 가을비를 불러들였다. 한 번씩 빗줄기를 쏟아 붓고 떠난 하늘은 높고 푸르게 다가와 있었다.

그가 자식들과 생각해 보겠다던 대화가 오간 지 다섯 달이 되어가고 있었다. 차일피일 미루던 나종필의 고민은 해결될 기미가 보이지 않았지만 그리 쉽게 잊고 결정할 일들이 아니라는 생각에 늦장을 부렸다.

그간 연민이 생긴 건지 자식들의 얘기를 듣고 나서 전처가 나종필의 신세와 별반 다를 게 없다는 생각이 들었다. 집 밖 유혹에 빠져 어린아이들을 두고 가출한 전처의 세월인들 편하게 살지는 못했을 것 같았다. 전처가 측은한 생각이 들 때면 그와 다시 합쳐볼까 생각을 하다가도, 뭔가 자존심이 곤두서면 고개가 도리질을 치곤 했다. 어떤 방법이 자식들의 마음을 편하게 하는 건지 그는 알면서도 엄두가 나지 않았다. 아니, 자식들의 아버지로서 그동안 엄마가 비웠던 텅 빈 공간의 자리를 지금이라도 채워줘야 맞는지 양 갈래 길에서 고민으로 다가왔다. 그러나 그는 아무래도 합친다는 것에 자신이 없었다.

전처 문정순! 그 나쁜 년을 볼 때마다 괴로웠고, 괘씸했던 지난 시간들이 곱게 덮어질지도 의문이었다. 태연하게 전처를 대할 수 있다면 나종필 자신이 짐승이 아니고서야 그 감정을 드러내지 않는다는 것도 참으로 힘들고 힘들 것만 같았다.

나종필 자신도 부족하지만 이제는 모든 걸 조금 내려놓고 넉넉한 마음을 지니고 싶다는 생각이 들었다. 그는 고민하느라 어수선했던 마음 정리도 할 겸 어디든 맘껏 걸어보고 싶었다. 일이 풀리지 않을 때면 나종필이 혼자 하는 습관적인 행동이었다.

그가 걸어가는 하늘 속에는 매지구름이 조각조각 비를 머금고 있었다. 그 발걸음은 스적스적 걸었지만 상당히 희망적인 걸음걸이였다.

어느새 자신도 모르게 도착한 곳에는 저 멀리 구산성지의 성당이 그의 눈 속으로 들어왔다.

(용서할 수 있을까?)

강자는 약자를 포용하는 마음이 필요하다고 어릴 적 듣고 자란 가정교육이 그의 머릿속에서 똬리를 틀고 앉아 그를 괴롭혔다. 깊이 생각해 보면 그가 전처에게 할 수 있는 최대의 복수는 아내를 용서하는 것이라는 생각이 들었다.

나종필이 향하는 길목에는 겹겹이 떨어진 노란 은행잎들이 수북이 쌓여 있었다. 발끝에 닿는 낙엽의 촉감, 그것은 은행잎처럼 노랗게 물든 긴 세월이 그에게 보내온 엽서 같았다.

지금은 모든 걸 하느님의 뜻에 맡겨보고 싶은 심정이었다.

어느새 그의 발걸음은 성당 앞에 다달았고, 이내 성당 안으로 들어서고 있었다.

* 섬서 : 지내는 사이가 서먹서먹하다.

깨어진 꿈

탕, 탕!

두 발의 허공을 가르는 총소리가 들렸다. 어디를 향했는지 모르는 다른 한발도 연이어 날아갔다.

고요한 동네를 향해 떠들썩하게 울려퍼진 커다란 총소리의 굉음은 모두의 심장을 겨냥한 듯했다. 평일이면 조용한 마을이지만 사람들이 집 밖으로 뛰어나와 웅성거리기 시작했다. 다급한 발자국 소리와 말소리가 우리 집을 향해 가깝게 다가오고 있었다. 집 앞에는 사이렌을 울리며 달려온 911차량과 앰뷸런스 불빛이 요란하게 돌아가고 있는 경찰차까지 몰려와 있었다.

분주히 움직이는 구급용 침대에 실려 나오는 건 초등학교에 다니는 아들 준혁이었다. 알아들을 수 없는 영어로 웅성대는 말과 총을 들고 빠른 몸짓으로 들이닥친 경찰관들은 거실로 들어섰다. 카페트 위로 떨어져 있는 총기는 어느 곳을 향했는지 팽개처져 있었고, 식은땀으로 얼굴을 가린 채 헝클어진 머릿결 사이로 얼굴을 알아볼 수 없는 젊은 여인은 온몸을 바르르 떨고 있었다.

나는 순간 무슨 짓을 했는지조차 기억나질 않았다.

미국이라는 낯선 나라에서 혼자 죽는 것은 두렵지 않았다. 그러나 엄마 없이 살아갈 아이들을 두고는 갈 수 없다는 생각이 들었다. 한국을 다녀온 후에도 사라지지 않고 계속 죽어야 한다는 생각에서 몇 번씩 죽고 싶다는 망상이 사라지지 않았다.

아무도 이런 나를 알지 못했다. 혼자 방에서 잠을 자고 일어나면 귓가에서는 이상한 소리가 들렸고, 정원 나뭇가지에서는 긴 뱀이 기어가고 있어 흠칫 놀라는 환상 속에서 하루하루를 보냈으나 누구 하나 이야기를 나눌 친구조차도 없이 혼자 서성이는 시간이 많았다. 남편은 아이들을 학교에 통학시키고 가게로 곧장 가버리고 나면 텅 빈 집은 더욱 쓸쓸하였다. 죽고 싶다는 생각이 가득 찰 때면 그저 불쌍하게 살아갈 아이들이 눈앞에 아른거려 괴로운 마음에 울음이 나왔다.

내가 당긴 방아쇠에 아들은 피를 흘리며 쓰러졌고, 딸은 놀라서 소리를 지르며 밖으로 뛰어나갔다.

나는 왜 나를 향해 방아쇠를 당기지 못했는지 알 수 없었다. 순간적으로 일어난 일에 어딘가에 전화로 알려야겠다는 생각으로 눈앞에 보이는 전화기를 다급히 집어 들었다.

“여보!”

“내가 준혁이를 총으로 쐈어.”

남편이 일하고 있는 가게로 전화를 했다.

작고 떨리는 목소리 속에 전화기는 힘없이 손아귀에서 바닥으로 떨어졌다.

나는 총을 쏜 후 사람들이 내 집으로 몰려오기 전에 남편에게 전화를 걸었다.

일을 하다 무심결에 전화를 받은 남편은 미친 듯이 승용차를 몰아 집에 도착해 보았지만 이미 총을 맞았다는 아이도 총을 쐈다는 아내도 집에는 없었다.

미국은 교도소를 제일(JAIL)이라고 부른다.

아이들과 셋이 함께 떠나야만 될 것 같았던 나는 살인 미수로 체포되어 수감 시설 안에 갇혔다. 미국 전역 신문에 내 이야기는 비정한 부모가 되어 대서특필이 되었다.

정신이 있는 듯 없는 듯 기억도 나지 않고 머리만 아파왔다. 죽었는지 살아있는지 조차 모르는 아들이 걱정되기 시작하여 눈물이 자꾸만 흘러 내렸다. 밥도 먹지 않았다. 남편은 나로 인해 조사를 받느냐고 정신이 없었다. 변호사를 사서 모든 정황들을 대답해야 하는 과정으로 남편과 시댁식구들은 이곳에서너 번 다녀간 후로는 얼굴도 보이지 않았다.

"나만 죽을 걸, 나만."

내가 왜 그랬는지 후회가 밀려오고 무서워 오기 시작 했다. 머리를 숙이고 있었지만 그날의 일들이 밀려오며 자꾸만 떠오르기 시작했다.

허겁지겁 온 집안을 뒤졌다.

아무리 찾아도 보이지 않는 그것은 도저히 어디에 숨겨 두었는지 찾을 수가 없었다. 혹시나 해서 열어본 자개 옷장은 한국에서 이민 올 때 자개로 만들어 가져온 고급스러운 삼단 화초장이다. 혹시 이곳에 있을 것이라고 생각하며 열어본 장롱 밑바닥 안쪽 구석에는 가죽케이스로 꽁꽁 싸둔 그것이 있었다. 위험할 때 쓰려고 사다 놓았던 그것이 내 눈으로 들어왔다. 허겁지겁 화초장문을 열어 딱딱한 그것을 손에 쥐고 케이스를 던져버렸다. 조금 있으면 딸아이도 학교에서 오는 시간이 되어간다.

우린 같이 죽는 거야. 엄마 없이 살아갈 너희들이 불쌍해서 너희를 미국에 두고는 도저히 나 혼자 죽을 수 없다는 생각이 들기 시작하자, 뒷짐에 감춰둔 총기를 들고 거실로 걸어 나갔다.

식은땀은 긴장한 탓인지 오한까지 오는 듯 춥기 시작했지만, 죽는다는 것 외에는 아무것도 생각나지 않았다. 오른팔을 들어 올리니 손가락이 미세하게 떨려오기 시작했다.

현관문 소리가 들리고 학교에 다녀와 거실로 들어오는 아들을 향해서 나는 거침없이 방아쇠를 당겼다.

수감시설 안에서 나는 그렇게 사랑하는 내 아이들에게 상처를 주었다는 생각에 잠을 이룰 수도 없었다. 무릎을 세우고 벽에 기대앉아 밥도 먹지 않았다. 총을 찾으려고 온 집안을 뒤졌던 생각과 그렇게 소중한 내 아이를 향해 방아쇠를 당기는 순간이 떠오르면 소름이 끼쳐왔다.

모든 생각이 선명하게 돌아올 때마다 몹시 괴로웠다. 다행히 총상이 팔을 스치고 지나가 지금은 병원에서 치료중인 아들이 고맙기까지 했다. 그날 학교에서 돌아오는 딸아이와 셋이 함께 죽어야겠다고 당긴 총에 아들이 피를 흘리며 쓰러지는 모습을 목격한 딸은 으악 소리를 지르며 밖으로 뛰쳐나갔다. 나의 잘못된 생각이 얼마나 무섭고 무모한 엄마의 어리석은 짓인 줄 모르고 그때는 그 방법만이 최선이고, 서로 편안한 생을 마감할 수 있어 그것이 사랑하는 방법이라는 말도 안 되는 끔찍한 생각이라는 것을 미처 깨닫지 못했다.

아버지의 돌아가신 관 속에서 썩은 물이 뚝, 뚝 떨어져 내린다.

집에서 잠시 낮잠을 자다 꾼 꿈이었다.

뭔가 불안감이 머리에 스쳤다. 한국으로 전화를 걸어볼까? 혹시 친정집에 무슨 일이라도 있나 싶었다. 얼른 거실로 돌아가 친정집 전화번호를 돌렸다. 신호음이 갔지만 빨리 전화를 받지 않아 긴 신호음에 자꾸만 불안한 생각이 들었다. 다들 어디를 간 거야, 나는 혼잣말로 중얼거리다가 전화기를 신경질적으로 내려놓았다. 그래도 마음이 진정되지 않아 이내 다시 전화를 들었다.

"여보세요?"

상대편에서 들려오는 소리는 엄마의 목소리였다.

엄마는 너무 반가운 듯 밝은 목소리로 전화를 받는 걸 보니 별일이 없는 것 같아 일단은 안심이 되었다.

"무슨 일 있어? 전화를 다하고…."

친정엄마는 아이들과 남편의 안부까지 일일이 물어보았다.

나는 엄마와 아버지가 미국을 다녀간 후로는 울지 않는다. 조금만 지나면 시민권을 받아 한국을 나가서 만날 수 있기 때문이었다.

우선 별일이 없는지만 물었다. 내가 묻는 말이 이상했는지 무슨 일이 있는 거냐며 반문을 했다. 나는 낮잠을 자다 꾸게 된 아버지 꿈 이야기를 했다. 아버지는 친할아버지 선산에 산소 테두리를 호석(護石)으로 두르고 비석도 세우고 조경공사를 하고 싶어서 계획을 했는데, 요 며칠 전 공사를 시작했다는 이야기로 전화를 끊고 안심을 하였다.

“이거 왜 없어? 어디 갔지.”

있어야 할 물건들이 없다. 처음 가게 계약서에 모든 집기류를 다 준다고 했던 중요한 물건들이 막상 인수인계를 받고 정리를 하러 갔더니 필요한 물건들을 전 주인이 모두 가져가 버렸다.

“뭐 이런 사람들이 다 있어.”

없어진 집기류에 화가 치밀어 오르기 시작했다. 인수인계를 하고 떠난 전 가게주인의 전화번호를 허둥대며 계약서 속에서 찾아 상대방에게 전화를 걸었지만 받지 않고 요란한 신호음만 계속 갈 뿐이었다. 연이어 전화번호를 눌러도 가게를 팔고 나간 사람은 내 뜻을 알기라도 하는지 전화를 받지 않았다. 부화가 끓어올라 얼굴이 화끈 달아올랐다.

청소를 하던 남편은 나를 바라보고 왜 그래, 무슨 일이냐며 청소기를 들고 힐긋 쳐다보고는 자기가 하던 일을 계속했다.

집안일이나 가게를 계약하는 일부터 모두 내 일이 되어버린 지 오래라 그다지 이상한 일도 아니었다. 나는 우리에게 가게를 넘긴 그 사람들이 얄미워서 화가 난 표정을 감추지 못하고 죄 없는 남편을 향해 속 타는 심정을 소나기처럼 퍼부었다. 생각할수록 분해서 계속 투덜거렸지만 남편은 듣는 둥 마는 둥 하니 악을 쓰는 건 나 혼자뿐이었다.

작은 일식집을 시작한 지 얼마 되지 않아 손님이 줄을 서야 할 만큼 바쁜 시간을 보냈다. 학교에 다녀와 친구도 없어 아이들끼리 놀고 있는 두 남매에게 늘 미안하고 걱정이 되었지만 지금 터를 잡고 일을 해야 아이들도 잘 보살필 수 있다는 생각뿐이었다.

미국은 혼자 벌어서는 집세도 낼 수 없을 정도로 필요한 경비가 많았다. 한국에서의 모든 생활방식으로는 살 수 없는 나라였다. 노동이던 사무직이든 일을 한다는 게 중요했다. 아직도 한국은 80년도 초라 남자 혼자 벌어서 온 가족이 생활을 할 수 있지만 이곳은 여자도 나가서 일을 해야 살 수 있다는 것이었다. 우리는 회사에만 다녔지, 장사를 해본 적은 없었다. 음식 값에 약간을 팁으로 놓고 가는 것을 받아 앞치마 주머니 속에 넣는 것도 즐거웠고, 손님들에게 친절하게 대하는 일도 또한 좋았다.

오늘은 모처럼 한국에서 손님이 우리 식당을 찾아왔다. 한때는 나의 상사로 계시던 분이 미국여행 도중에 우리 가게를 오셨다.

학교를 졸업하고 처음으로 회사라는 곳을 들어갔다. 나는 자전거를 만드는 회사에 입사를 하고 경리직으로 사무실 근무를 한 적이 있었다.

나를 찾아온 그 상사 분을 보니 나는 서빙을 하고 있다는 게 너무 창피했다. 십여 년 만에 만난 과장님 앞에 초라한 모습으로 음식 접시를 가져다 놓는 내 행색은 겉으로는 기뻐했지만 마음은 궁색해지는 느낌이었다. 한때는 내가 많이 좋아했던 분이기에 더욱 그런 것 같았다.

타국에서 살려고 애쓰는 내가 안타까워 보였는지 힘들면 한국으로 다시 돌아와서 살라는 말씀과 함께 처녀시절 멋쟁이로 활보했던 내 이야기를 꺼냈다.

그때는 어디를 가든 남들은 나를 힐긋거리며 쳐다보고 갔다. 날씬한 몸도 그랬고 1970년대에도 한강 볼링장으로 볼링을 하러다닐 만큼 활발하게 살았으니까. 좋은 시절을 살았다고 생각하면 기분마저 우울해지기 시작했다. 내 꼴이 이게 뭐냐… 처량해 보이는 나를 향해 혼자말로 중얼거렸다.

겨우 남의 나라에 와서 음식점에서 서빙이나 하다 지인을 만나니 초라해지는 모습은 마음 어느 곳에서 오는 것인지 우울해졌다.

음식점도 작아서 창피하단 생각으로 조금 더 넓은 가게를 선택해서 자리를 옮기게 되었다.

오늘은 집기류를 사려고 차를 몰고 커다란 쇼핑센터로 들어섰다.

많은 사람들이 오고 가며 붐비고 있는 오후 시간은 이것저것 구경하기에는 딱 맞는 시간 같았다. 주방기구가 있는 코너에서 발길을 멈추었다. 길고 예리한 회칼이 눈에 들어왔다.

주방에서 회를 뜰 남편을 위해서 비싸고 좋은 것으로 선물하고 싶었다. 하얀 모자를 높이 쓰고 검은 슈트에 앞치마를 두른 남편을 상상하면 웃음이 났다. 제일 고급스러운 회칼 한 세트는 집에 가져다 놓는 걸로 생각하고 나는 두 개를 담았다. 유용하게 쓰여질 것이란 생각 때문에 그때는 그것이 나는 잘못된 판단이었다는 것을 알지 못했다.

"엄마 저 결혼 할래요."

어리둥절한 얼굴로 아버지와 엄마는 나를 바라보고 있었다. 갑자기 무슨 결혼이냐는 듯 빙그레 비웃듯 웃으신다. 난 심각하게 생각하고 생각해서 드린 말씀인데 믿지 않는 모양이었다. 하기야 내가 스물셋이란 나이가 결혼을 해야 하는 정령기라는 걸 인정하기 싫어하는 눈치 같았다. 우리 집에 생활비를 보태고 있었으니 그럴 만도 하였다.

광화문 근처 회사로 출근하면서 하루도 빠지지 않고 보는 남자가 있었다. 내가 점심을 먹으러 식당을 가면 혼자 식사를 하고 있는 그 남자. 그 남자는 오랜 시간 눈인사를 나눈 사람이다. 그다지 잘 생긴 것도 아니고, 구부정한 걸음으로 어정어정 걷는 모습이 어딘가 불편해 보이는 모습은 전형적인 서울사람처럼 보이기 딱 이었다.

그 사람은 옆 건물에 있는 체신공사 직원으로 근무를 하는 사람이었다. 애인으로 사귀어 보자는 그 사람 제안에 나도 망설임 없이 대답을 했다.

아버지는 옥상 위에서 신혼여행을 다녀와 내 집으로 돌아가는 노란 저고리에 연분홍 한복치마를 입고 걸어가는 나를 보고 손을 흔들고 있었다. 신혼이라는 단꿈과 사랑하는 사람과 함께 산다는 현실이 좋았고 미래만 보였기 때문인지 내게 남겨진 가족에겐 빈자리가 그리움이란 것도 생각이 들지 않았다.

다닥다닥 붙은 집을 하꼬방 집이라고 사람들은 불렀다. 가진 게 적은 사람들이 작은 돈으로 보증금을 내고 많은 사람이 산다. 옆집도 내 집처럼 종이 한 장을 덧댄 듯이 그런 곳이 내가 살아야 할 집이다. 옆집에서는 아이들 야단치는 소리와 식구들과 대화하는 소리가 내 집처럼 들리는 공간에 시댁은 커다란 대지에 하나씩 방과 부엌을 만들어 여러 사람에게 세를 주고 사는 그런 집주인이었다.

우리도 마땅한 집을 얻기보다는 이 집에서 얼마간만 거주하다 미국으로 이민을 가야 한다는 조건으로 결혼을 선택했기 때문에 신혼살림이라고는 달랑 미닫이 나전칠기 장롱 하나, 화장대 하나만 장만했다.

그렇게 쉽게 갈 줄 알았던 미국은 마음이 허락하지 않아 차일피일 미뤄지고 있었지만 실상 친정 식구가 없는 낯선 곳에서 나 혼자 살 자신도 없었다.

시댁은 드센 시누이들과 시어머니, 큰형님 댁, 그 속에 섞여서 혼자 살아갈 자신이 없어 떠나기 싫다는 의미로 나는 안양 비산동이란 곳에 아파트를 사서 이사를 했다.

큰딸을 출산하고 작은 아들이 그 사이 태어났다.

한국에서 살며 나는 꼭 미국으로 가야 할 이유도 없었지만 타국은 내가 살 곳은 아니라는 듯이 운전도 배우고 신나는 생활을 하기로 마음먹었다. 올해 일곱 살이 되어 내년이면 학교를 가는 큰딸을 위해서 승용차도 사고 몸이 불편한 남편의 출근이라도 시켜줘야겠다는 생각으로 자가용을 구입했다.

인생은 내 맘대로 되지 않는다고 아들은 작은 소리에도 놀라서 자주 울었다. 나는 진찰이라도 받아보자는 생각으로 아이를 데리고 서울에 있는 대학병원으로 향했다.

특진을 끊어서 검진을 하니 심장병이라고 수술을 해야 한다는 날벼락 같은 소리에 얼마나 울었는지 모른다. 겨우 다섯 살인 아이의 심장을 열어 수술을 한다고 생각하니 하늘이 노랗고 어두웠다. 차라리 내가 대신 아파서 고통을 대신하고 싶었다. 그동안 놀라서 우는 아이를 혼 낼 줄만 알았지 병이라고는 생각하지 못한 내가 얼마나 어리석었는지 서러워 아들을 안고 택시 안에서도 눈물이 그치질 않았다.

지금 미국에 있었다면 난 아무것도 모르고 먹고 사는 일에 바빠서 아이를 방치했을지도 모른다는 생각에 지금이 더 다행스럽다고 위로하고 있었다. 수술을 하는 거다. 이겨낼 희망이 있다면 최선을 다하리라 마음먹으며 간절히 기도를 시작했다.

수술 날짜가 다가왔지만 내 아이는 깡마른 몸을 가지고 있었다. 수술이 잘된다는 보장도 할 수 없었다. 너무나 어린 다섯 살, 그저 아무것도 모르고 자라야 할 나이에 이런 대수술을 한다는 것도 엄마의 피 말리는 마음을 누가 알까 싶었다.

아이가 수술대 위에 누웠다.

남편과 나는 조마조마한 마음으로 두 손을 꼭 잡고 긴 시간을 수술실 앞에서 기다려야만 했다. 녹색 수술가운을 입은 의사는 수술이 잘되었다는 기쁜 소식을 전해 주었다. 오랜 시간 병원에서 지낸 아들을 퇴원시키고 아이의 건강상태가 좋아지고 1년 동안 한국에서 생활을 하다가 아이가 정상으로 회복이 되자 우리는 한국을 떠나 미국으로 이민을 갔다.

미국에서의 아침 또한 어수선한 생활이 지속되었다.

"엄마 차가 이상해."

호들갑스럽게 떠드는 아이들을 따라 밖으로 나갔다. 무슨 이런 일도 다 있을까? 차고가 아닌 집 앞에 세워둔 승용차의 바퀴 4개가 다 사라진 채 도로에 덩그러니 남겨져 있었다. 세상에 이런 나라도 있구나 싶어 기가 막혔다. 아이들을 학교로 데려다 줘야 하기 때문에 어쩔 수 없이 가게로 출근하는 남편의 도움을 받았다.

미국으로 이민을 와서 나는 아는 게 없었다. 딱히 할 수 있는 건 집에서 식사준비를 하는 것과 교회를 다니는 것, 그리고 그곳에서 한국 사람을 조금 사귀는 일이었다. 지루하고 무료

한 시간들이 계속 흘러만 갔다.

한국에 두고 온 내 가족이 보고 싶고 그리울 때면 매일 눈물을 찔끔거렸다.

1982년 여름으로 기억된다.

나는 친정식구를 두고 미국으로 이민을 왔다. 시댁식구들이 모두 미국에서 생활을 하고 있기 때문에 우리 가족만 한국에 남아 있겠다는 것도 핑계일 뿐 사실은 아들 준혁이가 심장수술을 하고 나서는 자꾸만 큰 나라에 와서 살아야 의술도 받을 수 있다는 시어머니의 간곡한 부탁으로 결혼할 때 약속했던 이민을 하게 되었지만 도무지 한국에 두고 온 친정식구들이 보고 싶어서 견딜 수가 없었다.

다시 돌아가고 싶었다.

3년이란 시간이 지나야 한국에 마음대로 갈 수 있는 시민권자가 될 수 있는데 시누이들이 모든 서류를 알아서 접수해 주었다.

한국으로 전화를 걸었다. 오늘은 한국에 계신 아버지 생신이라 예상대로 온 가족이 다 모여 있었다. 남동생의 목소리가 반갑게 들렸다.

"누나, 누나구나!"

엄마를 바꿔준다는 말에 나는 기쁨을 감출 수가 없었다. 이런 저런 미국 이야기를 하며 안부를 묻고 국제통화 요금도 아깝지 않은 듯이 온 식구들의 목소리를 들었다. 살 것 같았다. 내가 지금 한국에 있는 듯이 행복했다. 지금 나는 내 가족을 두고 달랑 네 식구가 미국이라는 아주 낯선 동네에서 영어를 배우고 간간히 밖을 나가는 그런 생활을 지속하며 한국에서 가져온 돈이 바닥이 보이도록 쓰고 있었다. 걱정도 되고 마음은 늘 불안한 상태에서 전전긍긍하고 있었다. 무엇이든 먹고 살 직장을 구해야 했다. 남편은 볼펜만 굴리던 사람이라 몸으로 하는 일은 하나도 할 줄 몰랐다. 결혼할 때도 엉거주춤한 모습으로 걷는 남편을 친정에 데리고 가니 네가 뭐가 부족해서 저렇게 몸도 성치 않은 사람과 결혼을 하고 싶어 하냐고 아버지가 묻기까지 했다. 나는 저런 사람을 내가 버리면 너무 불쌍할 것 같아서 결혼을 하기로 마음먹었다고 하면서 겨우 승낙을 받았다. 그 사람이 필요로 하는 거라면 내가 무엇이든 해줄 수 있을 것 같았다. 그러나 결혼은 현실에서는 착각이었다. 함께 잠자리를 나누는 시간조차도 허리가 아픈 디스크는 그리 쉬운 일이 아니었다. 양말조차 구부려지지 않는 허리를 대신해 신겨 주어야 했지만 내가 선택한 일이라 후회는 없었다. 불만은 십년이 지나는 동안 가슴속에 쌓이면서 살고 있었다. 내가 나서야만 모든 것이 내 의중대로 진행되고 있는 인생이 뭔가 잘못 되었다는 생각이 차오르고 있었다.

왕복비행기 표를 여행사를 통해서 예약했다.

한국에 계신 부모님을 미국으로 놀러 오시라고 했다. 우리가 한국으로 나갈 수 없어 선택한 방법이었다. 행복했다. 그렇게 보고 싶었던 친정 부모님을 만날 수 있다는 생각에 잠도 오지 않았다. 내가 살고 있는 지금의 환경을 보여드리고 싶었다.

가게를 얻었다. 조그만 일식집이었다. 남편과 나는 열심히 교회에 다녔고 봉사활동도 하며 미국생활에 적응하기 시작했다. 남편은 부엌이라고는 들어가 본 적이 없는 사람이고 라면 하나 십년이 넘도록 끓여본 적이 없는 사람이다. 이젠 다르다. 무엇이든 하지 않으면 가져온 돈으로는 이민생활도 바닥이 난다는 걸 깨달은 지 오래다. 남편은 허리 디스크로 자세가 엉거주춤했지만 그래도 앞치마를 두르고 주방으로 들어가 고단한 줄도 모르고 열심히 일식 일을 배웠다. 나는 밖에서 서빙을 하며 카운터 일까지 했다. 오랜 기간 직장생활을 해본 경험이 있어 음식점에 오는 손님에게 친절하게 대하다 보니 생각보다 일식집은 손님이 많았다. 미국에서 살려면 무엇이든 기술은 가지고 있어야 살 수 있으니 한국에서의 높은 자리는 전혀 도움이 되지 않았으며 자존심을 앞세워서는 살아갈 수 없다는 것도 새삼 실감하는 생활이 되었다.

캘리포니아 남부에 위치한 샌디에이고는 항구도시다.

사시사철 쾌적한 기후로 휴양도시로도 유명한 곳으로 우리는 이민을 왔다. 시어머니 연세가 구십을 바라보고 있어 더는 미국으로 들어가지 않으면 안 되었고, 시어머님이 돌아가시는 것도 볼 수 없다는 것 때문에 결정을 내렸던 것이다. 그런데 어느새 이민생활이 3년이 흘러갔다.

친정 부모님이 오는 날이다.

길게 늘어선 좁은 통로로 사람들이 보인다. 목을 길게 빼고 바라보아도 낯익은 모습은 기다려도 도무지 많은 사람들 틈에서 보이지 않았다. 3시간을 넉넉히 잡고 출발해도 LA 공항까지 승용차는 쏜살같이 도착한 것 같다. 조급한 마음과 보고 싶은 마음에 우린 더 빨리 공항에 도착하여 기다리고 있었다. 이제 겨우 짧은 줄이 끊기듯 이어지며 공항 밖으로 큰 가방바퀴 끌리는 소리가 여기저기 소란스럽게 들려오고 있었다.

"엄마!"

손을 번쩍 들고 엄마를 불렀다. 아버지 뒤로 엄마의 연한 갈색 바바리가 보였다. 왜 이리 기쁜 건지 얼싸안고 눈물을 흘렸다. 우리는 한국에서 가득 가져온 짐들을 차에 싣고 집으로 출발을 했다.

친정 부모님이 오신 하루하루는 여섯 식구의 웃음으로 행복하고 즐겁게 보냈다.

샌디에이고에 자리 잡고 있는 해양수족관 씨 월드로 나들이를 가서 돌고래의 재롱을 보고, 주말이면 미국에 있는 좋은 곳은 다 보여드리고 딸을 잘 뒀다고 자랑이라도 할 수 있는 건 다 해드릴 생각이었다. 아이들도 학교에 다녀오면 외할머니 외할아버지가 계셔서 너무 행복해 하고 평안하고 좋았던 시간이었다. 그러나 그 시간은 빨리도 흘러가고 체류기간 3개월이 되어 한국으로 돌아갈 시간이 되었다.

한국에서는 친정아버지가 없는 동안 경찰관이 집으로 찾아오는 일이 일어났다.

미국으로 전화가 와서 하늘이 도운 천운임을 알게 된 나는 얼마나 다행인지 이곳에 여행을 주선하게 된 것도 아버지를 잃지 않는 기회가 되어 기뻤다. 미국으로 여행을 오신 후 아버지가 야간경비로 근무하는 학교에 도둑이 들어 교대하시는 경비 분을 살해했다는 소식이 들려왔던 것이다. 컴퓨터라는 새로운 교육기구가 학교에 들어오자 이 시설물을 훔쳐가려고 들어온 도둑이 야간경비를 서는 사람을 죽였다는 소식은 참으로 끔찍했다.

짧은 3개월이란 시간은 바람처럼 지나가 버렸다. 오늘은 부모님이 한국으로 들어가는 날이다. 아침부터 자꾸만 눈물이 나왔다. 나만 덜렁 낯선 곳에 혼자 남겨진 기분이다. 향수병이 도진 듯이 밤새 울고 엄마와도 많은 이야기를 하며 이민생활의 고충과 애환을 모두 털어 놓으니 속이 시원했다.

부모님의 뒷모습이 공항 로비를 향해 이층 입국심사 장으로 서서히 멀어져간다. 울지 않고 보내려고 했지만 엄마도 울고 나도 울었다.

부모님이 떠나고 집안은 한가하고 썰렁했다.

토요일 오전 집안은 시끄럽고 분주하다. 그동안 정리하고 잘 단장한 우리 식당은 더 넓은 곳으로 이전을 해서 개업식을 하는 날이다. 넓은 식당은 일식집의 규모를 갖춘 내가 바라던 그런 테이블이 즐비하게 들어서 있다. 거울 앞에 서니 벌써 5년째 정신없이 흘러간 시간과 향수병으로 벽에 기대어 한국으로 돌아가자고 밤새 울며 남편을 힘들게 했던 시간들이 불현듯 머릿속을 스치며 눈물이 고였다. 열심히 살았다. 열심히 잘 버텨낸 거야. 내 자신에게 위로의 말로 마음을 토닥이는 순간 볼 위로 주르륵 눈물이 흘러내렸다.

"엄마! 안 가요?"

딸아이가 방문을 열고 들어와 모두가 기다리고 있는 거실로 내 손을 끌고 나갔다. 오늘은 파란 하늘의 맑은 날씨가 좋다는 생각을 하며 곁에 앉은 딸아이의 손을 꼭 잡았다.

주차를 하는 승용차 소리에 식당 안에 있던 남편이 흰 조리사 모자에 검정 앞치마를 두르고 활짝 웃으며 문 앞으로 걸어 나와 아이들을 끌어안고 축하 인사를 주고받고 있는 사이에 나는 얼른 가져온 옷 위에 하얀 앞치마를 입고 테이블 위에 상을 차리기 시작했다.

한국식으로 떡도 하고 여러 가지 활어회와 초밥들로 미리 준비해 둔 남편의 실력을 선보이듯이 멋진 상차림을 준비하고 있었다. 식당은 왁자지껄 했다. 온통 가게 안에서는 웃음과 대화가 가득하고 여기저기서 보내준 화분들도 고운 띠에 이름을 달고 선을 보이며 서 있었다. 간신히 날짜를 맞춰 식당을 오픈하게 된 것이 몸에 무리가 온 듯했다.

온통 주변이 검고 긴 터널이다.

밝은 빛 하나가 길게 비추고 있었다. 나는 그 터널 속으로 깊이 스며들고 있는 것 같았다. 나른한 기분이다. 너무 편안하고 포근해져서 잠이 온다. 이대로가 좋다는 느낌은 꿀잠을 자는 행복한 기분에 깊이 잠들지 못한 시간들을 한번에 다 잠들어 버리고 싶다는 생각이 들었다. 온몸에서 힘이 빠져나가는 육신의 이탈처럼 나른해져왔다. 나는 깊은 길을 향해 가려는데 뭔가 귓가에서 작은 소리가 들리는 듯이 전혀 알아들을 수 없는 소리에 집중을 해보려고 애를 썼다. 차츰 들리지 않던 소리가 작게 아주 모기 소리만큼의 이명처럼 귓가에 소리를 내고 있었다.

"……."

"여보, 정신 차려! 정신 차려봐!"

이게 무슨 일인지 알 수 없었다. 무슨 일이 있었기에 내 귓전에 들리는 소리는 무엇을 의미하는 소린지 나는 그렇게 달콤한 잠 속에서 깨어난 것이 살짝 아쉬웠다. 누군가 자꾸 뭐라고 나를 향해 말을 했다. 마음에서는 지금 대답하지 않으면 내가 죽은 줄 알 것 같다는 생각이 들기 시작했다. 말을 해야 해, 말을 하려고 난 내 뱃속에 있는 가진 힘을 다해 입으로 가져갔지만 아무 소리도 할 수 없었다. 다시, 다시 한 번 빨리 말해 보자고 생각하고 있었다. 나를 걱정하겠다는 생각이 그 순간에도 들기 시작했다. 나는 온 힘을 다해 짧게 입술을 움직였다.

"왜?"

나는 왜? 라는 대답을 아주 작고 힘없이 하고 나서야 내 귓가에 말하는 소리가 선명하게 들려왔다.

"정신이 들어?"

"눈 좀 떠봐."

다급히 말하는 목소리에서는 지금 내 상황이 무슨 일인지 생각나지 않았다. 단지 눈을 떠보라는 남편은 나를 무릎 위에 올려놓고 몸과 얼굴을 흔들고 두드리며 다급히 불렀다. 눈을 살며시 떴다. 온몸은 식은땀으로 범벅이 되어 속옷이 흠뻑 젖어 있었다. 내 몸속에 핏기가 어디론가 사라져 버린 느낌, 창백하고 차가운 기운이 오한을 가져와 소름이 돋고 있지만 식은땀은 얼굴을 타고 흘러내렸다. 몸은 바싹 말랐어도 지금까지 자리에 누워본 적도 병원 한번 제대로 다녀본 적도 없었는데 아침부터 어지럼 증상이 생기더니 그랬나 싶기도 하고 개업준비로 신경을 많이 썼나 싶기도 했다. 모였던 시댁 친인척들과 헤어져 집으로 들어와 침대에 누웠다. 쓰러진 그 상황이 너무 편했던 건 뭐지, 꿈만 같았던 기분이 온몸 속에 그대로 남겨져 전해져 왔다. 죽음이 이런 건가, 내가 깨어나지 않았다면 이대로 죽는 건가 의문의 자문자답을 되뇌며 잠을 청해 보았다.

학교에서 돌아오는 아이들은 엄마가 집에 계속 있으니 좋은지 신이 나서 집안을 이리 뛰고 저리 뛰고 장난이 심했다. 옛날 같으면 소리를 지르거나 야단을 치기도 했을 건데 그마저도 귀찮고 힘들었다. 갈수록 야위어져가고 내가 밥을 못 먹어도 남편은 가게일로 바쁘고 힘들다 보니 나를 챙겨줄 겨를조차 없는 생활이 반복적으로 지속되고 있었다. 특별히 아프지 않아도 눕고 싶었으며 심지어 교회도 가지 않았다. 그저 방에서 거실로 세수도 안하고 누웠던 머리카락은 빗질을 하지 않아 부스스하기 시작했다. 그런 나를 보며 아이들은 엄마 미친 여자 같다며 놀려댔다. 한 번도 이런 엄마의 모습을 본 적이 없는 아이들 말을 나는 듣는 척 만 척 하고 빈속에 얼마 전 신경정신과에서 지어온 약을 입안에 털어 넣었다.

1987년 가을. 대한항공 LA출발 한국행 항공기는 김포공항으로 도착하였다는 기내 방송이 귓가에 들려왔다. 밤 비행기를 타고 12시간의 긴 시간을 하늘에서 보내고 비행기 바퀴가 아스팔트 위로 내 몸을 흔들기 전까지 나는 죽은 듯이 눈을 감고 있었다. 작은 창문을 통해 길게 늘어선 비행기가 보이면서 한국이란 걸 멍하니 바라보고 있었다. 휑한 눈, 갖추지 않은 허름한 옷차림으로 나와 남편은 공항입국 심사를 하고 있었다. 그렇게 오고 싶었던 고국으로 돌아온 것이다. 좋지도 않았고 설레거나 보고 싶은 사람도 없었다. 내가 이곳에 온 것이 당연한 듯 감정 없는 내 모습을 보며 남편은 그렇게 오고 싶어 했지? 당신 한국에 온 거야. 밖에 나가면 동생들이 기다릴 거야, 그렇게 말을 하며 나를 바라보고 있었다.

간단한 짐을 꾸렸다. 무엇을 가방 속에 넣었는지 나는 기억도 나지 않았다.

각자 가져온 가방을 끌고 공항 로비로 걸어 나오니 반갑게 웃으며 손을 든 셋째 여동생 내외가 기다리고 있었다. 영문도 모를 입국에 반가움보다는 궁금증이 가득한 얼굴이었다. 여동생과 제부는 동서간의 간단한 인사를 하고 친정집으로 향하는 승용차에서도 그 누구도 입을 열지 않았다. 내 모습을 본 여동생은 내 손을 꼭 잡고 놓지 않았다. 언니의 모습만으로도 충분히 무슨 상황이 일어났다는 것을 알고 있는 눈치였다. 2시간을 걸려서 우리는 친정집을 향해 달려갔다.

현관 벨이 울렸다. 맨 발로 뛰어나온 엄마는 내 손을 부여잡고 어떻게 이렇게 왔느냐며 놀라며 반가운 얼굴이었다. 우리가 미국에서 비행기 표를 끊고 날짜와 시간을 알려주었기에 동생들과 모든 식구들이 친정집에 와서 기다리고 있었다. 몇 년 만인가. 삼년이 되어 한번 다녀간 후 정신없이 식당을 하며 살아가는 우리를 기억하고 있었는데 갑자기 한국으로 두 사람이 느닷없이 왔으니, 꾸미지 않은 행색과 준비 되지 않은 표정, 뭔가 얼이 빠진 얼굴에서 엄마는 이내 직감을 했는지 방에 이불을 깔아 놓고 잠시 누우라고 방으로 나를 들여보냈다.

아무것도 묻지 않았다. 남편은 내가 병이 났는지 한국에 계신 부모님이 너무 보고 싶다고 자꾸 울기만 해서 급하게 데리고 왔다고만 했다. 허리가 디스크인 남편은 불편한 자세로 친정집에서 5일을 보냈으나 미국에 있는 식당을 더는 닫아 놓을 수 없다며 미국으로 돌아가 버렸다. 급히 나오느라 장기체류용 서류도 갖추지 못하고 2주짜리 단기 체류증명서에 도장이 찍혀진 여권과 항공권 한 장으로 친정에 남겨진 채 떠나버린 남편을 생각하며 베란다 창문으로 나는 가을 하늘을 올려다보고 있었다.

동생이 있고 엄마가 있고 식구들이 보여서 마음이 한결 편해졌다. 내가 무슨 말을 하더라도 내 편이 되어줄 것만 같아 마음이 편안하고 안심이 되었다. 아무도 내게 묻는 게 없었다. 밥때가 되면 밥을 주었고 중간 중간 맛있는 거라면 다해서 내게 가져다 주었다. 그다지 내 상태가 겉으로 나타나는 수술을 하거나 그래야 할 병 은 아닌 것이 틀림없는가 보다. 일주일이 지나자 나는 웃기도 하고 이야기도 하고 눈빛이 보름 전 한국에 올 때의 그 얼굴은 확실히 아니었다. 거울 앞에서 내 모습을 보며 가만히 바라보고 있었다.

아이들이 보고 싶어진다. 엄마 없이 어떻게 학교는 잘 다니고 있는지 가슴 한 구석이 허전하면서 눈물이 난다. 부모님이 그리워 이곳에 오니 남겨진 내 아이들이 몹시 그리워지기 시작했다. 내가 얼마나 사랑하는 아이들인가, 남편의 잔정 없는 행동들 그리고 제대로 된 부부관계도 하지 못하고 사는 지금까지 나는 가장이 아닌 가장처럼 살아온 세월 앞에 너무 초라한 행색으로 한국에 돌아왔다는 생각에 다시 괴로워지기 시작했다. 살며시 화장실 문을 닫고 나와 나는 셋째동생을 불러 방으로 오라고 손짓을 하였다. 친정에는 시집온 지 얼마 되지 않은 작은 올케와 친정 부모님 그리고 나 때문에 늘 온 가족들이 이곳에 와서 시끄럽게 북적대는 가족으로 인해 미안하다는 생각이 들었다.

"미옥아!"

모처럼 부르는 언니가 반가운지 동생은 얼른 달려와 눈을 동그랗게 뜨고 나를 바라보고 있다.

"나 너희 집으로 가면 안 될까?"

언니의 부탁하는 목소리에 여동생은 그러자고 했다. 다행히 친정 가까운 곳에 30평 남짓한 주택을 사서 남편과 아들 하나, 딸 하나를 낳고 별 걱정 없이 사는 여동생이었다. 언니의 부탁을 들은 즉시 동생은 가방을 챙겨 언니를 데리고 동생 집에 있겠다고 부모님께 말씀을 드리고 양손에 짐을 들고 집 근처 대학교가 보이는 도로변을 향해 동생의 집으로 갔다.

"언니, 햇살이 참 곱네."

"춥진 않아?"

동생은 커피 잔을 들고 나를 향해 걸어오며 말을 걸고 있었다. 나는 동생을 바라보며 살짝 미소를 짓는 얼굴로 고개를 끄덕였다. 커피 한 잔을 들고 마루 끝에 걸터앉은 동생은 슬그머니 말을 걸었다.

"언니, 미국에서 무슨 일이 있었어?"

내가 무얼 잘못한 게 있냐며 왜 아픈 거며 갑자기 형부가 한국에 언니만 두고 간 거냐고 여러 가지 질문을 던져대기 시작했다. 좀처럼 아무 말도 하지 않던 나는 동생의 눈을 보았다. 믿음이 강한 사람에게서 오는 심리적 반응인 걸까. 멍하니 뜨고 있는 눈으로 귀신들의 장난처럼 알 수 없는 말들을 하나씩 섞어대면 동생은 내 손을 붙잡고 기도를 하곤 했다. 그럴 때마다 내 속에는 내가 아닌 다른 사람이 있나 싶었다.

내 모습을 가엾게 바라보고 있는 동생이 나는 갑자기 무섭다는 생각이 들기 시작했다.

"알 거 없어…."

단호하게 대답을 한 탓인지 동생은 난처한 얼굴로 내 표정을 살폈다. 대답을 안 할 것처럼 말을 뱉어버린 나는 잠시 미국에서의 내 상태를 생각해 보았다.

내 스스로도 알 수 없는 일이었다. 내가 왜 한국까지 오게 된 건지 쓰러지고 나서 기운이 없어 일어나지 못하고 헛소리를 하게 되고 잠이라도 자려고 약만 먹다보니 기운도 없지만 가게에 나가서 주문을 받고는 주문 내용도 잊어버리고 음식을 주지 않아 손님들이 짜증을 내는 상황이 벌어지다보니 가게도 갈 수가 없었다. 미국에서 사귄 친구가 한 번씩 들려 음식을 가져다 주면 그걸로 한 끼를 먹는 둥 마는 둥 하고 지어온 약을 먹고 나면 하루 종일 배도 고프지 않았고 잠 속에 빠져들어 누워 있었다. 음식점 문을 닫고 두 시간이나 운전을 하고 집으로 돌아오는 남편은 내가 도움을 줄 수 없는 식당 일로 혼자 일식집을 운영하느라 나를 돌볼 시간도 여유조차도 없는 몸 상태로 잠을 자려하면 낮잠을 실컷 자고 난 나는 남편을 잠들게 하지 않았다. 말을 시키고 밤새 잠을 자지 못하도록 울고 괴롭히며 들들 볶아대며 꼬박 밤을 새우게 하는 일이 잦아졌다. 그리고 알 수 없는 말을 하는 나를 심각하다고 생각한 탓인지 한국으로 갔다 오자는 말과 함께 한국에서 전해온 신문을 들고 화장실로 들어가 긴 시간을 보낸 후 식당을 향해 가곤 했다. 어수선하고 창백한 내 모습에 아이들은 미친 여자 같다고 놀려대던 생각까지 떠올랐다.

"나 죽고 싶어…."

나는 동생을 바라보았다. 동생은 죽고 싶다는 말에 놀랐는지 표정이 굳은 채로 나를 보고 있었다. 살고 싶은 생각이 들지 않았다. 아무런 기억이 없는 것처럼 머리가 아프다가 한 번씩 선명하게 떠오르는 것들이 죽으면 그저 편할 것만 같았다.

"미옥아! 나 총 좀 사게 돈 좀 줄래?"

뜬금없이 말을 던졌다. 내 몸은 데쳐낸 푸성귀 같았지만 눈동자는 힘이 들어가 동그랗고 크게 뜨고 있었다.

"뭐…?"

동생은 눈을 크게 뜨고 나를 뻔히 바라보고 있었다.

그 순간 미국에서의 일이 떠올랐다.

내가 왜 그랬을까 하지 않아도 되는 이야기를 왜 큰 동서에게 했는지 후회가 몰려오기 시작했다. 희미해져 가는 약 기운 상태에서 집으로 병문안을 온 동서에게 지난날 남편이 아닌 다른 남자 얘기를 왜 시시콜콜 하게 되었는지 마음을 털어놓을 사람이 없다보니 동서를 너무 믿은 탓인지 불행의 씨앗은 아픈 나에게 한 가지 짐을 더 얹어 주었다. 약아 빠지고 이기적인 사람인 줄 알면서도 동서를 언니로 착각한 건 아닌지 후회가 몰려 왔다. 시댁은 수군거리기 시작했다. 나의 흠이 무슨 약 점이라도 된 듯이 눈빛도 왕래조차도 뜸해지면서 바람난 강아지 취급을 해댔다.

누워 있는 상태에서 신경정신과 약은 점점 세게 지어지고 나는 부스스한 모습으로 울고 헛소리를 하기 시작했다. 그런 내 과거 얘기를 듣기라도 한 건지 견디다 못한 남편은 간단한 짐만 챙겨서 미국으로 오든지 말든지 하라는 말도 없이 나를 두고 가버렸다. 남편이 떠나가고 보름의 시간은 빠르게 흘러갔다.

여동생은 나를 데리고 집 근처에 큰 병원으로 진찰을 받으러 갔었지만 의사는 별다른 병이 없다고 했다. 동생 미옥은 나의 모습이 이상했는지 뜬금없이 물어왔다.

"언니! 예수님이 누구 때문에 돌아가신 거야?"

동생의 물음이 너무 웃겨서 동생에게 "너 때문에 죽었잖아." 했다. 나의 모습을 본 여동생은 입술을 꼭 다문 채 금방 달라진 표정을 지으며 병원을 나와 택시를 타고 집으로 향했다.

친정에서는 내가 돌아갈 15일이 너무나 짧아 이 기간에 해줄 수 있는 게 없었다. 내가 제 정신이 아닌 것 같아 보낼 수 없다고 여동생은 미국에 있는 형부에게 전화를 걸었다.

"형부, 언니가 이 상태로는 미국으로 갈 수 없을 것 같은데 어떻게 하죠?"

"여기 더 있어도 되나요?"

미국에 있는 남편은 힘없는 소리로 그건 친정에서 알아서 하고 주한 미국대사관으로 문의를 해보라며 전화를 끊었다.

무책임한 남편의 말에 모든 식구들은 고민을 했다. 밤새 잠을 못 들게 하고 남편을 괴롭히며 울고불고 한 탓인가 아내를 친정에 두고 가버린 비정한 남편 같다는 생각이 왈칵 들었다.

아픈 사람을 데려오면서 장기체류도 아닌 2주일짜리 체류기간을 받아온 것도 마땅치 않았는지 미국 대사관으로 전화를 걸었다. 언니는 아파서 온 사람이니까 대사관에 전화해서 지금의 언니 상태를 물어보라고 하여 미옥은 미국 대사관에 전화를 걸었던 것이다.

미국 대사관 대답은 걸어서 들어온 사람이니까 아파도 연장은 할 수 없다고 했다. 미국 시민권자라 불법체류자가 된다는 생각에 결국 나를 미국으로 돌려보내자는 결정이 내려졌다.

아침부터 온 집안이 웅성웅성거린다. 친정아버지는 내 손을 꼭 쥐고 잘 들어가라는 말씀을 하시는 걸 보니 내가 친정을 떠난다는 생각이 들었다. 15일간의 시간은 눈 깜짝할 사이에 지나가 버렸는지 온 식구들이 공항에 나와서 내 어깨를 토닥이며 눈물을 닦는 엄마는 나를 꼭 안아주셨다.

"순옥아! 마음 단단히 먹어, 별일 아니야, 알았지?"

"누구나 다 인생은 순탄하지 않아, 알았니?"

애들을 생각해서라도 정신을 놓으면 안 된다는 말씀과 함께 엄마는 울고 또 우셨다. 동생들도 모두 눈가가 빨갛게 충혈되어 있었다. 나는 울지 않았다. 모든 짐들은 화물로 부쳤는지 달랑 내 손에는 친정에서 지어준 한약 한 첩이 손에 들려 있었다.

미국에 들어온 후 친정에서는 계속 전화가 왔다.

힘없이 받는 전화음성 때문인지 친정 부모님은 매일 우셨다.

이제 아버지의 자식이 아프다. 정신병을 앓는 자식의 모습을 하고 한국에 다녀갔다. 그것도 가장 귀하게 여긴 여섯 남매의 혼사를 보면서도 유독 눈물이 났던 딸이 아니던가. 한국에는 간단한 통보를 했다고 한다. 지금 내 상황이 이렇게 되어 감방에 수감되어 있는 것과 손자아이가 병원에 있다는 것 외엔 더 이상은 말하지 않고 전화를 했던 남편으로 인해 친정집은 울음바다가 되었다.

한국을 나왔을 때 제정신도 아닌 딸을 돌려보내지 말아야 했다는 생각이지만 15일이 지나면 불법체류자가 되어 시민권에 문제가 생긴다는 마음에 온전하지도 않은 자식을 보내고 말았다는 생각으로 부모님은 식사도 하지 않고 누워 계셨다. 친정집은 초상집처럼 우울한 나날이 계속되고 내 소식으로 인해 가족들은 웃음을 잃어버린 지 오랜 시간이 흘러가고 있었다.

1989년도의 겨울은 사계절이 없는 캘리포니아에 이민생활에 적응을 하지 못한 한 명의 한인여자가 독방인 수감시설 안에서 판결을 기다리고 있었다. 남편은 보석금이라도 내고 나갈 수 있도록 변호를 하고 있다는 말만 전하고 잠시 다녀갈 때면 나는 죄인이 되어 고개도 들지 못한 채 얼굴을 마주보지 못했다.

정신병원 치료와 신경안정제 약물을 복용 받았다는 것이 참작이 되었던 모양이다.

캘리포니아주 92118 삽 코로나도의 명칭을 가진 아름다운 섬. 샌디에이고의 다리를 통과해서 건너야 닿는 곳으로 이곳에 있는 호텔 코로나도는 무려 1888년에 지어진 리조트 호텔로 유명한 곳이었다. 푸른 바다가 병원 앞을 가로질러 아름다운 섬으로 연결되어 있는 병실에 나는 누워 있다.

언제부터 이곳에 누워있게 된 건지 나는 알지 못한다. 내가 눈을 떴을 땐 감옥이 아니라는 생각과 창문에 비치는 햇살에 눈이 부셔왔고, 산소 호흡기가 내 코와 입을 가리고 차가운 바람이 폐 속으로 들어오고 있다는 것이었다. 쾌적한 병원이었다. 아무 말도 입 밖으로 나오지 않았다. 나는 말을 할 수 있는 어떤 기능이 상실 되어 있는 듯했다. 내 눈앞에 나타난 외국인 간호사가 내 머리맡에 하얀 튜브 주머니를 걸고 무언가 내 몸속으로 코를 향해 연결하는 것이 보였다. 팔은 침대 곁에 묶여진 채 눈동자가 굴러가기 시작한다. 내가 깨어나면 손으로 영양을 공급하는 튜브관을 빼 버릴까 봐 그랬던 모양이다.

어둠이 내려앉기 전 창밖으로 해가 지는지 노을이 물들어 가는 것 같다. 붉은 핏빛 석양이 살짝 병실 창문을 타고 맞은 편 벽면으로 보이고 있었다. 이때쯤이며 어김없이 병실 문이 열리는 소리를 반복해서 듣고 있었다. 두 시간을 달려 나를 만나러 오는 남편, 많이 반갑고 기다려졌다. 한 번도 거르지 않고 와주는 그 발자국 소리를 알게 되고 사람의 목소리가 내 귓가에 들려오기 시작한 건 얼마 되지 않았다.

수감시설 안에서 창살에 입었던 내 옷을 벗어 목을 매고 의식 없이 매달려 있던 나를 병원 구급차에 실어 응급실로 오게 된 것은 자살시도를 한 내가 의식불명으로 발견되었기 때문이었다.

"잘 있었어?"

내 눈을 바라보며 남편은 까칠한 손으로 내 손을 잡으며 침대 곁에 가져다 놓은 의자를 소리 내어 끌어당겨 앉았다. 헝클어지지도 않은 머리카락을 쓸어 올려주며 당신이 없으니까 식당도 집도 엉망이야. 혼자 말처럼 중얼대던 남편은 피곤한지 내 침대에 머리를 기대고 잠시 고개를 숙인 채 미동도 하지 않는 걸 보니 피곤한 모습이 역력했다.

가엾다, 미안하다. 나도 모르게 눈시울에서 눈물이 흘러내리는 것을 느낄 수 있었다. 이 사람이 내 곁에 와 있는 동안만큼은 안심이 되고 편안했다. 한 시간 가량을 머무른 남편은 내일 다시 온다는 말을 남기고 어둑해진 시간쯤 돌아갔다. 오랜 기간 동안 의식이 없던 나는 기적처럼 눈을 뜨고 눈동자는 남편을 따라다니고 있었다.

내 담당 흑인 간호사는 무척 친절하고 좋은 분인 것 같다. 말을 하지 못하는 내게 늘 말을 걸어주고 있다. 내 몸을 젖은 수건으로 닦아주고 오른쪽과 왼쪽으로 한 번씩 이동을 해서 움직여 주곤 하였다. 움직이지 못하는 내 피부가 괴사라도 될까봐 그런가 싶기도 했다.

무언가 와 닿는 느낌에 눈을 떴다.

엄마다. 엄마가 보였다. 우리 엄마가 맞았다. 이마에 쭈글쭈글 굵은 주름과 갸름한 얼굴은 많이 수척해 보였지만 살며시 실눈을 뜬 내 눈에 들어온 모습에 빠르게 심장이 뛰는 것을 느꼈다. 어떻게 이곳에 온 건지 꿈만 같다. 시체처럼 누워 있는 나를 끌어안고 오열을 하고 있었다. 나도 가슴이 아프지만 아무것도 할 수가 없다. 알 수 없는 눈빛으로 엄마를 응시하고 있는 나는 무슨 말이든 하고 싶은 서러움이 복받쳐도 표정은 아무 반응이 없는 듯 움직여지지 않았다. 가만히 숨만 쉬고 있는 하나의 물체가 되어버린 엄마의 자식 때문에 절차가 까다로운 미국에 힘든 항공권을 구해서 두 번째 미국을 방문한 친정 엄마가 반가웠다. 친정 엄마는 매일 병원으로 출근을 하였다. 굳어져가는 팔 다리를 주무르고 따스한 물수건으로 닦아 주었다. 영어도 못하는 노인네가 점심도 주지 않는 병실에서 매일 굶어가며 아침에 들어와 저녁이면 남편의 차를 타고 집으로 3시간의 거리를 달려가곤 하였다.

커다란 달력을 반으로 쭉 찢은 종이에 발음 나는 대로 쓴 엄마의 편지가 한국에 도착했다. 미국으로 간지 두 달 보름 만에 도착한 편지는 내가 친구로 알고 지낸 안젤라를 통해 한국으로 서신을 보내 달라는 친정 엄마의 부탁으로 우편으로 보낸 것 같다.

미국에서 보낸 편지를 펴는 순간 잠도 들지 못하고 써내려간 글자들이 누워 있는 딸의 이야기부터 미국에서 일어나고 있는 모든 상황들이 짧게 적혀 내려가고 있었다. 받침이 빠져

버린 글씨체는 초등학교도 나오지 않은 엄마의 그림 같은 글씨지만 식구들은 모두 알아 볼 수 있었고, 읽고 있는 가족의 목소리에 귀를 기울이고 있었다. 나를 돌봐주는 동안의 애환과 점심밥을 먹지 못하는 가운데서도 외국인 간호사들이 간단한 간식을 가져다줘서 허기진 배를 달랠 수 있어 얼마나 감사한지도 나의 굳어버린 팔다리가 조금은 움직이기 시작했다는 것과 엄마가 오고 나서 힘들고 괴로웠던 시간을 술로 이기고 싶었던지 사위는 병원에 계신 장모님을 모시러 오지 않아 면회시간이 끝나면 나가야 되지만 돌아 갈 수 없어 병원 화장실에 숨어 밤을 새웠다는 엄마의 편지는 소설책을 읽듯이 빼곡히 적혀 있었다.

이리 접고 저리 접은 달력은 여기저기 뚝 뚝 떨어트린 눈물 자국으로 얼룩진 눈물방울들이 그대로 그림처럼 글자 속에 찍혀 울고 있었다. 밤을 새워 글을 쓰면서도 엄마는 얼마나 울었을까. 가엾게 남겨진 손주들 걱정과 건장한 남자들처럼 모든 것을 맡기고 와도 잘 해낼 것 같지 않은 사위가 불쌍해서 울었고, 아무것도 모르고 누워 있는 자식을 이국 만리에 두고 와야 한다는 게 안타까워 얼마나 울었을지 미국에서 보내온 편지 한 장에는 고스란히 친정 엄마의 아픈 마음이 담겨 있었다.

갑자기 쏘아 울렸던 총성이 머릿속에서 헹가래치기 시작했다.

떨어진 꽃잎 위로 눈물이 되어버린 눈송이 멍울진 가슴이 아롱진다. 매섭게 불어오는 봄바람 속으로 겨울이 숨어 울고 떨어진 꽃잎이 웃는다. 겨울과 봄 사이 그리운 이름 하나 남기고 나는 멀리 떠나가고 있었다.

얼마쯤 지나자 총성이 사라지고 환상이 떠올랐다.

이곳은 엘 카미노 메모리얼 소렌토 밸리 기념공원의 묘지 햇살이 참 고운 날이다. 많은 발걸음이 내 이름이 쓰인 묘비 앞에 멈춰 섰다. 죽어서도 다시 살고 싶었던 짧은 생은 나를 기다리고 있는 그분들 곁으로 이별의 강을 건너가야겠다.

나는 그 환상 속에서 서서히 사라져갔다.

이호남 소설집

나만 모르는 이별

초판1쇄 인쇄·2025년 12월 5일
초판1쇄 발행·2025년 12월 10일

지은이·이호남
펴낸이·김길형
주 간·권도희

펴낸 곳·**지성의샘**
등록번호·2011. 6. 8. 제301-2011-098호

주소·서울시 중구 을지로 14길 16-11 (2층)
편집부·(02) 2285-0711
영업부·(02) 2285-2734
팩 스·(02) 338-2722
이메일·gonggamsa@hanmail.net

값 15,000원
ISBN 979-11-6391-094-7 03810